Wo Grabsteine wachsen ...

GRUSEL-CLUB

Dem Spuk auf der Spur

Thomas Brezina

Allein auf der Grabsteininsel

Illustrationen
von Wolfram Nowatzyk

SCHNEIDER BUCH

Willkommen im Grusel-Club

In dieser Burg lebt Professor Erasmus Katz. Sein Spezialgebiet ist die Erforschung von Geistern, Spuk und übernatürlichen Phänomenen. Burg Falkenfels ist der Treffpunkt des Grusel-Clubs, den Jupiter Katz, der Sohn des Professors, mit seiner Cousine Vicky und ihrem Bruder Nick gegründet hat.

Auch du kannst Mitglied werden!

Die Club-Mitglieder

Name: Jupiter Katz
Alter: 13
Besondere Kennzeichen: Haare stehen immer weg, hat überall Notizblock dabei und eine zahme Krähe namens Kox als Haustier
Spezialist für: Spuk jeder Art, Kochen und Chaos
Lieblingsspruch: Wer Ordnung hält, ist nur zu faul zum Suchen!

Unterschrift: Jupiter Katz

Name: Vicky Schwarzbusch
Alter: fast 13
Besondere Kennzeichen: Brille, Stift hinter dem Ohr, immer Kaugummis dabei, kann Mathematik nicht ausstehen und kennt ein echtes Monster: ihren kleinen Bruder Nick
Spezialist für: Pferde, Rätsel lösen und alte Gemäuer, in denen Geheimnisse stecken
Lieblingsspruch: Warum ist am Ende des Taschengeldes noch so viel Monat übrig?

Unterschrift: Vicky Schwarzbusch

Name: Nick Schwarzbusch
Alter: 11
Besondere Kennzeichen: karottenrote Haare, trägt immer Kappe oder Mütze und besitzt eine ganze Sammlung davon, hat in jeder Hose Extrataschen
Spezialist für: Streiche, Sport, wilde Ideen und große Schwester ärgern
Lieblingsspruch: Liegt ein Auge auf dem Tresen, ist ein Zombie da gewesen!

Unterschrift: Nick Schwarzbusch

Deine Club-Karte

Name: Annabell Wurzinger
Alter: fast 12
Besondere Kennzeichen: immer Freundschaftsband an der rechten Hand
Spezialist für: Streiche, Wissenschaft
Lieblingsspruch (einfach ankreuzen):

- o Wer im Porzellanladen sitzt, sollte nicht mit Elefanten werfen!
- o Lieber heimlich schlau als unheimlich doof!
- ● Wer die Spagetti nicht ehrt, ist die Pizza nicht wert!

Unterschrift: A. Wurzinger

Ab jetzt bist auch du Mitglied im

GRUSEL-CLUB
Dem Spuk auf der Spur

Deine Grusel-Club-Ausrüstung

Die Spuk-Lupe

In einigen Bildern spukt es. Nur mit der Spuk-Lupe kannst du den Spuk entdecken. Leg die Spuk-Lupe auf und suche die grauen Flächen ab. Dreh dabei die Spuk-Lupe langsam, bis der Spuk beginnt.

Ausgabe 7

GRUSEL-CLUB
Magazin

Wo Grabsteine wachsen!

Keiner weiß, wie sie auf die Insel kommen. Sie scheinen aus dem Boden zu wachsen. Niemand kennt die Namen, die auf den Grabsteinen eingemeißelt sind. Wer sind die rätselhaften Verstorbenen?

Das Club-Magazin

Es enthält wichtige Tipps und Infos zu diesem Fall und bringt außerdem Spuk-Tricks, Witze und unglaubliche Geschichten.

Das Club-Geschenk

Es ist jedes Mal eine Überraschung und die wird nicht verraten!

Deine Grusel-Club-Stärke

Du bist bei jedem Abenteuer direkt dabei. Beantworte die Fragen, triff Entscheidungen und komm dabei dem Spuk auf die Spur.

Wo du graue, codierte Flächen bei den Fragen siehst, setze deine Spuk-Lupe ein. So erfährst du, ob du Recht hast und wie viele Punkte du für die richtige Antwort bekommst.

Trage die Punkte im Club-Magazin auf der Skala auf Seite 8 ein. Wie groß ist deine Grusel-Stärke im Club?

Bist du bereit? Gut!

Auf der nächsten Seite beginnt das neue Abenteuer des Grusel-Clubs! Vorsicht! Es ist nichts für schwache Nerven.

Insel im Nebel

Der Bug des Ausflugsschiffes pflügte durch das grünliche Wasser des Sees. Es befanden sich nicht viele Passagiere an Bord. Nur eine Gruppe Teenager samt Begleiter und zwei ältere Ehepaare.

Einer der Teens war Jupiter Katz. Er lehnte an der Reling und starrte missmutig auf den weiten See hinaus. Jupiter erlebte die schlimmsten Ferien seines Lebens.

Neben ihm tauchte Alfred auf, der Leiter des Ferienlagers, in dem Jupiter untergebracht war. Er trug eine Lederhose mit röhrenden Hirschen auf dem Brustlatz und ein rot-weiß kariertes Hemd. Ein breites Grinsen schien in seinem Gesicht eingefroren zu sein. Nachdem er in die Hände geklatscht hatte, rief er: „Jungs und Mädchen! Bitte herhören."

Alfred versuchte immer besonders locker und lustig zu sein. Aber was dabei herauskam, war meistens schrecklich peinlich.

„Werft doch einmal ein flottes Auge auf diese Insel dort drüben!", sagte Alfred. „Sie ist obercool und affensteil."

Einige der Jungen und Mädchen gähnten demonstrativ. Andere verdrehten die Augen.

Jupiter blickte in die Nebelschwaden, die über dem Wasser schwebten. Da und dort tauchten in der grauen Wand kahle schwarze Äste auf. Ihr Anblick machte sofort traurig.

„Die Insel heißt Grabsteininsel. Ist das nicht ur-aufregend?“, wollte Alfred wissen.

„Jaja, ich flippe gleich aus!“, grunzte Oliver. Jupiter nannte ihn immer Großmaul. Erstens hatte Oliver einen besonders breiten Mund und zweitens riskierte er ständig eine große Lippe. „Vor zwei Jahren war ich mit meinen Eltern in der Südsee. Dort gibt es Inseln!“, schwärmte er. „Aber am besten haben mir die Mädchen gefallen. Eine schöner als die andere!“

Nicole grinste schief und sagte: „Ich wette, sie sind alle schreiend davongerannt, als du an Land gegangen bist.“

Die anderen kicherten.

Oliver kniff die Augen zusammen und gab knurrende Laute von sich.

Triumphierend sah Nicole zu ihren Freundinnen, die alle den Daumen in die Höhe streckten. Sie hatten es sich zum Sport gemacht Oliver eins auszuwischen.

Alfred fuchtelte mit den Händen wild in der Luft herum um auf sich aufmerksam zu machen.

„Schluss! Aus! Alle herhören! Ihr müsst nämlich heute eine Eintragung in das Lager-Tagebuch machen. Wenn ihr nicht aufpasst, wird euch eine wichtige Information fehlen."

Oliver äffte den Betreuer hinter seinem Rücken nach und alle brachen in Gelächter aus.

„Schluss jetzt!", schrie Alfred wütend. Gleich darauf lächelte er wieder. Er wollte ja immer locker bleiben. „Interessiert es euch gar nicht, wieso die Grabsteininsel so heißt?"

Jupiter nickte als Einziger zustimmend.

„Die Insel ist unbewohnt. Niemand traut sich sie zu betreten. An klaren Tagen, leider gibt es hier am Gallensee nur wenige davon, kann man am Ufer der Insel Grabsteine sehen. Niemand weiß, wie sie dorthin gekommen sind." Alfred hatte die Stimme gesenkt und raunte nur noch.

Nicole warf ihr langes, blondes Haar mit einer schnellen Handbewegung über die Schulter. „Es wird jemand die Grabsteine in einem Boot zur Insel gebracht und aufgestellt haben. Ist doch logo!", sagte sie kopfschüttelnd.

Alfred winkte ab. „Oh, nein. Niemand würde seinen Fuß auf diese Insel setzen. Ich kenne Leute, die behaupten, die Grabsteine wachsen aus dem Boden wie Pflanzen."

Großes Gekicher folgte.

„Und wenn wieder ein Grabstein aus der Erde gekommen ist, verschwindet ein Bewohner des Dorfes – spurlos!“, fügte Alfred grinsend hinzu.

Die Jungen und Mädchen konnten sich nicht mehr halten und schüttelten sich vor Lachen. Alfred runzelte verärgert die Stirn.

Nur Jupiter lachte nicht. „Ist das nur eine Sage oder gibt es auch Beweise?“, wollte er wissen.

Alfred starrte ihn verwirrt an. „Beweise? Na ja ..., ich weiß nicht. Es ist natürlich nur so eine Schauergeschichte. Ich wollte euch ein bisschen Gänsehaut über den Rücken jagen.“

Oliver tippte sich mit dem Finger an die Stirn und deutete auf Alfred.

In diesem Augenblick zerriss der Nebel und gab den Blick auf einen Teil der Insel frei. Dort, wo der Strand endete, erhoben sich dunkle, kahle Baumstämme. Sie schienen alles Licht zu schlucken, denn hinter ihnen war es finster.

„Buhuhu! Ich bekomme gleich das große Zittern!“, spottete Nicole.

Jupiter riss die Augen auf. Er hatte etwas entdeckt. „Dort ..., seht euch das an!“, rief er und deutete zur Insel hinüber.

Gelangweilt drehten die anderen die Köpfe.

In diesem Moment hatte sich der Nebel wieder wie ein nasser grauer Vorhang geschlossen.

„Was ist das?“, wollte Oliver wissen.

Gallenburg am Gallensee

Jupiter verkniff sich zu erzählen, was er gerade gesehen hatte. Hatte er es überhaupt gesehen? War es vielleicht nur eine Täuschung gewesen? Hatte ihm seine Fantasie einen Streich gespielt? Waren es nur ganz normale Nebelschwaden gewesen?

„Dort ist nichts ..., war nur ein Scherz", murmelte Jupiter und ließ sich auf eine der feuchten Holzbänke sinken. Den Blick hielt er starr auf die Stelle gerichtet, wo die Grabsteininsel im Nebel lag. Doch der Nebel teilte sich an diesem Vormittag nicht mehr.

Das Ausflugsboot tuckerte weiter.

„Fröhliche Zeit" hieß das Ferienlager, in das Professor Katz seinen Sohn gesteckt hatte. Es befand sich auf einer Wiese am Rande der Stadt Gallenburg, nicht weit vom Gallensee.

Gallenburg schien wie ein Magnet zu wirken. Es zog das schlechte Wetter an. Drei ganze Tage war Jupiter schon hier und noch nie war die Sonne hinter den grauen Wolken hervorgekommen. Nass und schwer hingen sie im Talkessel und bewegten sich keinen Meter von der Stelle.

Nach der Rückkehr von der Bootstour begann

es zu nieseln. Am Nachmittag schüttete es wie aus Kannen. Die Zelte, in denen die Lagerteilnehmer schliefen, drohten im schlammigen Boden zu versinken.

„Jungs und Mädchen, hört mal alle her! Wir übersiedeln in die *Pension Auerhahn*", verkündete gegen Abend Alfred über ein Megaphon.

Hastig stopften alle ihre Sachen in die Rucksäcke und verließen die Wiese, die der Regen in einen regelrechten Sumpf verwandelt hatte.

Die *Pension Auerhahn* war ein dunkles Holzhaus. Die Zimmer waren so niedrig, dass Jupiter mit dem Kopf an die Decke stieß und außerdem so winzig, dass in jedem nur für drei Stockbetten Platz war.

Jupiter hatte Pech. Er landete mit Oliver in einem Zimmer. Nun konnte er sich auf unendliche Angebergeschichten gefasst machen.

Nach dem Abendessen – es hatte pappige Nudeln mit schmieriger Soße gegeben – forderte Alfred die Jungen und Mädchen auf in die gemütliche Stube zu kommen.

Diese erwies sich jedoch als muffiges Zimmer, in dem ein ausgestopfter Tierkopf neben dem anderen an der Wand hing. Im offenen Kamin qualmten ein paar feuchte Holzscheite.

„Heute wollen wir einander besser kennen lernen, damit wir alle dicke Kumpels werden", verkündete Alfred. Er trug eine weite, altmodische Trainingshose und darüber eine graue Strickjacke, die ihm viel zu klein war. „Jeder erzählt, woher er kommt, was seine Hobbys sind und was er gerne einmal machen möchte."

Allgemeines Stöhnen und Augenrollen war die Folge. Alfred schien es gar nicht zu bemerken.

Oliver musste den Anfang machen. Mit seiner näselnden Stimme erzählte er: „Ich wohne in Köln. Mein Vater macht in Computern und wir besitzen eine Villa am Stadtrand und ein Ferienhaus auf Sylt. Meine Hobbys sind Cyberspiele und Tiefseetauchen. Meinen Tauchanzug, Brille und Flossen habe ich sogar dabei. Ich konnte ja nicht wissen, wie öd es hier ist. Aber zum Glück geht dieses Straflager bald zu Ende."

Alfred überhörte den letzten Satz und zeigte auf Jupiter. „Jetzt du!"

Jup war wirklich nicht auf den Mund gefallen, trotzdem suchte er nach Worten. „Also ... naja ..., ich bin Jupiter. Mein Vater ist Forscher für paranormale Phänomene. Wir leben in einer Burg und mein Hobby ist der Grusel-Club. Ich habe ihn mit meiner Cousine Vicky und meinem Cousin Nick gegründet. Wir versuchen jede Art von übersinnlichen Phänomenen zu untersuchen."

Nachdem er fertig war, hörte man für ein paar Sekunden nur das Knacken des feuchten Holzes im Kamin.

Ich habe die Typen beeindruckt, dachte Jupiter zufrieden.

Doch das Gegenteil war der Fall. Die anderen brachen in lautes Gelächter aus.

Nicole prustete: „Mit einem Wort, du bist ein Spinner!"

Jupiter spürte, wie sein Gesicht heiß wurde. Er lief rot an und bereute es schon, auch nur ein Wort über den Grusel-Club erzählt zu haben.

„Blödmänner!", sagte er leise.

Alfred lächelte milde. „Nun ja, Jupiter, du verlangst doch nicht von uns, dass wir dir das glauben, oder?"

Beleidigt presste Jupiter die Lippen zusammen und schwieg. Zum Glück bohrte Alfred nicht weiter nach, sondern ließ jetzt Nicole erzählen. Jupiter hörte nur mit halbem Ohr hin. Nicole warf sich in Pose wie ein Fotomodell und erzählte hochnäsig von einem Schloss, in dem sie mit ihren Eltern wohnte. Sie hatte einen Privatlehrer und wollte später Filmstar werden. Deshalb spielte sie auch in einer Theatergruppe. „Allerdings bin ich so gut, dass die anderen immer verzweifeln“, fügte sie seufzend hinzu.

Jupiter glaubte ihr kein Wort. Wieso wurde sie dann in dieses schreckliche Ferienlager geschickt, wenn ihre Eltern so reich waren?

Das Lager war nicht teuer. Aus diesem Grund hatte es Jupiters Vater auch ausgewählt. Er selbst musste für einen ganzen Monat nach Südamerika, konnte seinen Sohn aber nicht mitnehmen.

Eigentlich hätte Jupiter diese Zeit bei Vicky und Nick verbringen sollen. Aber genau eine Woche vor der Abreise seines Vaters bekam Vicky Scharlach. Über das Haus der Familie wurde ein ärztliches Besuchsverbot ausgesprochen und Jupiter musste leider ins Ferienlager.

Seine Krähe Kox konnte er deshalb nicht mitnehmen. Sie blieb bei Nick.

Endlich war der langweilige Abend zu Ende. Jupiter schlüpfte in seinen Schlafsack, den er auf einem unteren Bett ausgebreitet hatte. Er wollte noch ein bisschen in dem Buch über Vampire lesen, das er mitgenommen hatte.

„He, Geisterjäger!“, ertönte es von der Seite.

Oliver hatte sich neben Jupiters Bett aufge-

pflanzt und die Arme in die Hüften gestemmt. Hinter ihm standen die anderen Jungen, die in diesem Zimmer wohnten. Alle grinsten erwartungsvoll.

„Was gibt's? Lass mich in Frieden!", knurrte Jupiter.

„He, Geisterjäger! Ich habe einen Auftrag für dich!", verkündete Oliver.

Jupiter drehte sich auf die andere Seite.

„Lass mich in Frieden!", wiederholte er.

Die Nacht am See

„Okay! Du hast es nicht anders gewollt!“, zischte Oliver.

Eine Hand packte Jupiters Buch und riss es in die Höhe. Jupiter wollte es zurückholen, aber die anderen Jungen stürzten sich gleichzeitig auf ihn und hielten ihn nieder. Einer klebte einen breiten Klebstreifen über Jupiters Mund, ein anderer fesselte seine Handgelenke mit Klebeband.

Mit vereinten Kräften stopften sie ihn in den Schlafsack und zogen den Reißverschluss zu. Das offene obere Ende verschlossen sie mit dem Gürtel eines Bademantels.

„Du hast es nicht anders gewollt!“, hörte Jupiter Oliver grunzen. „Wenn du meinen Auftrag nicht freiwillig annimmst, muss ich eben ein bisschen nachhelfen.“

Jupiter spürte, wie die Jungen ihn hochhoben und aus dem Zimmer schleppten. Sie trugen ihn die Treppe hinunter und aus dem Haus.

Es hatte zu regnen aufgehört, aber die Luft war nass und kalt. Zweimal unternahm Jupiter den Versuch sich von den Fesseln und dem Heftpflaster zu befreien. Oliver bemerkte es jedes Mal und versetzte ihm einen Tritt.

Die Jungen schleppten Jup lange durch die Nacht. An dem Plätschern von Wellen erkannte er, dass sie sich am Ufer des Sees befanden. Dort wurde er unsanft abgesetzt. Der Boden unter ihm schwankte. Sein Kopf und seine Füße lagen erhöht. Der Schlafsack wurde geöffnet und Olivers Gesicht tauchte über Jupiter auf.

„So! Du wirst jetzt losrudern und zu dieser Grabsteininsel fahren. Dort machst du ein paar Fotos. Sagen wir, von mindestens zehn Grabsteinen!“, erklärte Oliver mit hämischem Grinsen. „Dann darfst du zurückkommen. Hast du verstanden, du Klobürste auf Beinen?“

Jupiter kochte innerlich. Oliver war ein Pizzagesicht. Nur weil er die anderen Jungen alle auf seiner Seite hatte, fühlte er sich stark.

„Hast du verstanden, Klobürste?“, wiederholte Oliver scharf. Erst jetzt bemerkte er das Heftpflaster, das noch immer über Jups Mund klebte. Mit einer schnellen Bewegung entfernte er es. Die anderen Jungen verzogen das Gesicht. Das Geräusch hatte geklungen, als wären Jupiter sämtliche Gesichtshaare ausgerissen worden.

„Ich habe aber keine Kamera“, sagte Jup, der sich seine Wut nicht anmerken lassen wollte.

Oliver streckte die Hand aus und bekam eine

Sofortbildkamera gereicht, die er Jupiter in den Schoß fallen ließ. Mit einer Kopfbewegung gab er den anderen den Befehl die Fessel zu entfernen. Danach stießen sie das kleine, morsche Ruderboot auf den See hinaus.

„He, die kannst du vielleicht auch brauchen!", rief Oliver und schleuderte etwas Stabförmiges durch die Luft. Jup fing es auf und ertastete eine Taschenlampe.

„Ich wette, in fünf Minuten versucht er heimlich ein Stück weiter am Ufer anzulegen und heimzulaufen", hörte er Oliver spotten. „Wir bewachen alle Eingänge der Pension. Wenn er nicht auf der Grabsteininsel war, muss er draußen schlafen."

„Elendes Großmaul! In deinem Mund kann ja ein Bus parken!", schimpfte Jupiter vor sich hin. Doch wenn Oliver dachte, dass Jup sich nicht traute, irrte er gewaltig.

Er hob die Ruder vom Boden auf und hängte sie in die Halterungen. Dann legte er sich kräftig in die Riemen und steuerte in die Nacht hinaus. Die Lichter der Uferpromenade wurden allmählich kleiner und schwächer.

Nachdem er ein Stück gerudert war, drehte sich Jupiter um und leuchtete auf den See hinaus.

Noch immer lag eine Nebelschicht über dem Wasser, doch jetzt war sie nur sehr dünn.

Der Lichtkreis der Taschenlampe glitt über das Grau des Nebels und das Schwarze des Wassers und verlor sich in der Ferne. Die Insel war noch nicht zu sehen.

Also ruderte Jup weiter. Die Rudergabeln quietschten bei jedem Schlag. Das Holz des Bootes gab ein tiefes Knirschen und Knarren von sich. Das Wasser schien dick und zähflüssig zu sein. Nicht das leiseste Plätschern war zu hören. Überhaupt lag eine gespenstische Stille über dem See.

So tot, dachte Jupiter. Ja, tot war das richtige Wort dafür. Der See hatte etwas Lebloses.

Völlig unerwartet knirschte es heftig unter dem Boot. Jupiter wurde zuerst nach vorn und dann zurückgeworfen, so heftig, dass er von der Ruderbank fiel.

„Aua!“, stöhnte er leise und kämpfte sich wieder in die Höhe. Er leuchtete über Bord und das Licht fiel auf grobe, graue Kieselsteine.

Jup hatte nur seinen Jogginganzug, aber weder Schuhe noch Strümpfe an. Er streifte die Hosenbeine in die Höhe und kletterte über Bord. Die Kälte des Wassers versetzte ihm einen heftigen Stich. Er riss die Beine abwechselnd in die Höhe, als stünde er auf glühenden Kohlen. Mit beiden Händen zog er das Boot noch weiter auf den Strand hinauf, damit es die Wellen auch bestimmt nicht wegtragen konnten.

Langsam ließ er den Lichtkreis der Taschenlampe zuerst auf die eine, dann auf die andere Seite wandern. In der Nacht sah das Wasser des Sees schwarz aus. Kleine Wellen rollten über die abgerundeten, dunkelgrauen Kiesel und den schwarzen Sand, die das Ufer bildeten. Von Grabsteinen keine Spur.

„Wuuuuuh!“ Aus der Ferne kam ein lang gezogenes Heulen.

Jupiter hielt den Atem an.

Das Heulen verstummte wieder. Die leblose Stille senkte sich wieder über See und Insel.

Die Nacht war kalt und Jup fröstelte.

„Wuuuuuuh!“ Da war das Heulen wieder.

Ein Werwolf!, schoss es Jupiter durch den Kopf. Obwohl ... nach Wolf hatte sich das Geheul nicht angehört.

Als sich seine Augen an die Dunkelheit gewöhnt hatten, erkannte Jupiter die schwarzen Stämme der Bäume. Sie waren nur wenige Schritte von ihm entfernt.

Grusel-Club-Frage:
Was soll er tun? Am Strand entlang oder in den kahlen Wald gehen?

Wie schiefe Zähne

Von Zeit zu Zeit rollten kleine Wellen an Land. Sie brachten die Kieselsteine in Bewegung, die knirschend ein Stück nach oben oder unten rollten.

Jupiter schluckte heftig und zog den Reißverschluss seiner Jacke bis zum Kinn hoch. Eine Hand stopfte er in die Bauchtasche, mit der anderen hielt er die Lampe. Die Kamera hatte er umgehängt.

Langsam schritt er am Strand entlang. Er blieb dabei immer an der Linie, wo ihn das Wasser nicht mehr erwischen konnte. Dem Wald wollte er nicht zu nahe kommen. Noch immer tauchte vor seinen Augen das Tier auf, das er am Vormittag vom Boot aus gesehen hatte.

Ängstlich starrte er zu den dunklen Stämmen. Sie sahen so unwirklich aus. Gar nicht nach Baumstämmen, vielmehr wie hohe, schwarze Knochen, die jemand in die Erde gesteckt hatte.

Autsch! Jup war mit seinen nackten Zehen gegen etwas Hartes, Raues gestoßen. Erschrocken sprang er zurück.

Vor ihm ragte schief ein Grabstein aus der Erde. Er erinnerte Jup an einen riesigen, einzelnen

Zahn. Langsam ging der Junge in die Hocke und leuchtete den Stein ab. Er war dunkel, an vielen Stellen von Flechten und Moos überzogen. Ein Riss verlief von oben nach unten. Auf der Vorderseite befand sich eine grinsende Fratze. Darunter waren der Name Stephan Silver und die Jahreszahlen 1811 – 1875 eingemeißelt.

Jupiter richtete die Kamera auf den Grabstein und drückte ab. Surrend wurde das Bild ausgespuckt. Noch war es grau, aber in den nächsten Minuten würde es sich selbst entwickeln.

Langsam stand Jup auf und starrte dabei aber ständig auf das Bild. Seine nackte Wade streifte an dem Grabstein entlang.

Erschrocken machte Jupiter einen großen Schritt zurück und leuchtete den Stein an.

Die Fratze grinste noch immer. Die Augen waren tot und leer. Der Stein schien unverändert.

Langsam, fast in Zeitlupe, bewegte sich Jupiter wieder auf den Stein zu. Er hatte die flache Hand nach vorn gestreckt und legte die Finger vorsichtig auf den Grabstein.

Gleich darauf zog er sie wieder zurück.

Er hatte sich vorhin nicht getäuscht. Der Stein fühlte sich warm an. So, als hätte ihn die Sonne den ganzen Tag über aufgeheizt.

Doch die Sonne hatte nicht geschienen.

Jupiter schauderte. Er schüttelte sich wie ein nasser Hund, machte einen großen Bogen um den Grabstein und lief am Strand weiter.

Es dauerte nicht lange und er stand vor den nächsten Grabsteinen. Diesmal waren es drei nebeneinander. Zwei standen dicht beisammen, der dritte ein Stück weit entfernt.

Nachdem er jeden Stein einzeln geknipst hatte, wollte Jupiter sofort weiter. Mit ein wenig Glück konnte er die zehn Fotos bald beisammenhaben. Oliver würde sein großes Maul dann vor Staunen offen stehen bleiben. Und er, Jupiter, kassierte bestimmt bei den anderen Teilnehmern des Ferienlagers Pluspunkte und verschaffte sich damit Ruhe für die nächsten Wochen.

Jup lief zwischen den Grabsteinen durch und hielt die Taschenlampe über seinen Kopf, um möglichst weit zu leuchten. Doch er kam nicht weit. Jupiter wollte schreien, doch er brachte keinen Ton heraus.

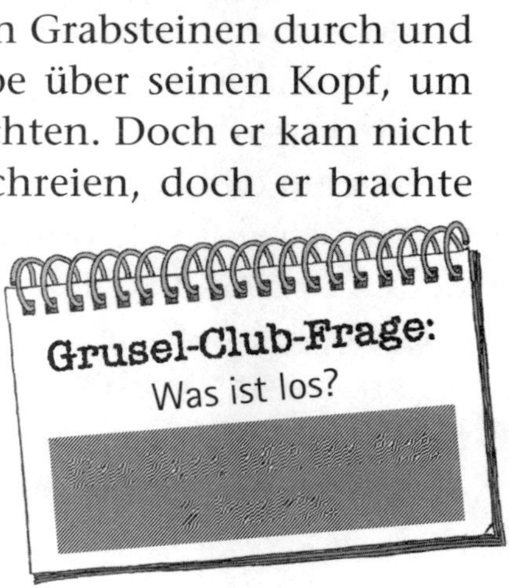

THOMAS KARST

Die Totenglocke

Etwas hielt seinen Fußknöchel fest. Als er nach unten leuchten wollte, wurde heftig an seinem Fuß gerissen, er verlor fast das Gleichgewicht und die Taschenlampe flog in einem hohen Bogen weg.

Eine Hand. Da war eine Hand. Sie musste aus dem Boden gekommen sein und umklammerte ihn mit eisigem Griff.

Ein Toter war erwacht. Ein Toter hatte nach oben gegriffen und seinen Fuß gepackt.

Jupiter geriet nun in Panik. Er versuchte sich zu befreien, doch der Griff war eisern.

„Loslassen! Lass mich los!“ Seine Stimme war nur ein heiseres Krächzen.

Immer fester und fester umklammerten die knochigen Finger seinen Knöchel. Jup bekam Angst, die Hand könnte seine Knochen zerquetschen. Mit einer Hand stützte er sich deshalb auf einem Grabstein ab, mit der anderen trat er nach dem unheimlichen Angreifer. Er spürte, wie seine Fußsohle über die raue, eisige Hand rutschte, die aus dem Boden gekommen war.

Immer wieder trat Jupiter zu, versuchte vor allem den Arm zu erwischen, der zu der Geisterhand gehörte. Er traf ihn schließlich mit der Ferse und spürte, wie sich die Finger lockerten.

„Jaaa!", keuchte er triumphierend und machte seinen Fuß so schmal wie möglich. Mehrere Male riss und ruckte er kräftig. Endlich gelang es ihm sich dem Griff zu entwinden. Er fiel und robbte auf allen vieren zu der Taschenlampe hin. Es war fast unmöglich für ihn die Hände ruhig zu halten, als er die Lampe zu fassen bekam. Er lenkte den Strahl zu der Lücke zwischen den Grabsteinen, wo die Hand aufgetaucht war und leuchtete den nassen Boden ab.

Das war ja merkwürdig. Die Hand war verschwunden. Aber es gab kein Loch in der Erde.

Jups ganzer Körper bebte. Ihm war egal, was die anderen von ihm dachten. Er pfiff auf die zehn Fotos und wollte auf dem schnellsten Weg zurück. Sollten sie doch selbst auf die Grabsteininsel kommen, wenn sie alle so mutig waren. Lieber schlief er in einer Scheune, als noch länger auf dieser Insel zu bleiben.

Keuchend vor Anstrengung stand er auf. Seine Beine waren weich, als wären sie mit Pudding gefüllt. Er konnte sich kaum aufrecht halten. Noch immer hämmerte sein Herz laut und schnell.

„Ruhig, ganz ruhig. Reg dich ab", redete er sich leise zu.

Er machte einen großen Bogen um die Grabsteine und streifte mit der Schulter einen der Baumstämme. Die Rinde war rau wie Sandpapier und kratzte über seine Jacke. Jupiter taumelte erschrocken zurück.

Und da hörte er es. Aus dem Wald ertönte das Läuten einer Glocke. Doch es war weder eine Kirchturmglocke noch eine Kuhglocke. Dem hellen Klang nach schien es sich um eine kleinere Glocke zu handeln, die immer wieder angeschlagen wurde.

Eine Totenglocke wie auf einem Friedhof, fiel Jup ein. Diese Glocke wurde geläutet, wenn ein Sarg zu Grabe getragen wurde.

Aber wer läutete die Totenglocke? Der Wind konnte es nicht sein, denn es wehte nicht das leiseste Lüftchen.

War jemand außer ihm auf der Insel?

Kling-kling! ... Kling-kling! Der Ton der Glocke wurde immer höher und schriller.

Klirr-klirr! ... Klirr-klirr!

Aaaahh! Erschrocken machte Jupiter wieder einen Sprung zur Seite. Von hinten war etwas gekommen und hatte seine Beine gestreift. Er leuchtete nach unten und verzog überrascht das Gesicht.

„Was machst du denn da?“, fragte er.

Die Antwort war ein treuherziges Winseln.

Vor ihm saß ein grauer Hund und blickte ihn mit zur Seite gelegtem Kopf an.

Er war ungefähr so groß wie ein Spaniel und sah sehr ausgehungert und dürr aus. Sein Fell war struppig und stumpf, niedlich jedoch wirkte der weiße Fleck, den der Hund um ein Auge hatte. Er sah wie ein Monokel aus und gab ihm etwas Nachdenkliches, Kluges und Aristokratisches. Ein Ohr war schwarz, das andere hatte eine weiße Spitze.

„Wie kommst denn du auf die Insel?“, fragte Jup den Hund. Ein Hund auf der Insel bedeutete, dass hier tatsächlich jemand lebte

Das Läuten der Glocke war noch lauter geworden. Es klang jetzt direkt drängend und auffordernd.

Der Hund legte den Kopf nach hinten und heulte. Es war das Heulen, das Jupiter vorhin gehört hatte. Danach zog der Hund auffordernd an Jups Hosenbein und lief in den Wald.

„Warte! Nicht so schnell!“, rief ihm Jupiter nach.

Was wollte der Hund ihm zeigen? War sein Herr vielleicht krank? Brauchte er Hilfe? Läutete er womöglich schon tagelang die Glocke, ohne gehört zu werden?

Ohne auch nur ein einziges Mal stehen zu bleiben, rannte der Hund zielstrebig ins Innere der Insel. Jupiter folgte ihm, kam aber nur langsam voran. Im Wald ragten viele Wurzeln und Steine aus dem Boden. Mehrere Male stolperte Jup und fiel hin. Er war für einen Waldboden ungewöhnlich hart. Totes Laub, abgefallene Nadeln und weiche Walderde schien es auf der Insel nicht zu geben.

„He, wo bist du?“, rief Jupiter. Er hatte den Hund aus den Augen verloren. Es war auch kein Geräusch zu hören, das ihm die Richtung angezeigt hätte, in die der Hund gelaufen war.

Ratlos blieb Jupiter stehen. Um ihn herum erhoben sich uralte, dicke Baumstämme. Die meisten ragten wie zugespitzte Holzpflöcke in die Höhe. Nur wenige hatten Äste. Kahl waren alle.

Eine Entdeckung ließ Jupiter einen kalten Schauer über den Rücken kriechen. Er spürte, wie sich die Haare auf seinen Armen aufstellten.

Weg, nur weg!, war sein einziger Gedanke.

Grusel-Club-Frage:
Was hat Jup entdeckt?

Hinter dem spitzen Bogen ...

Das Läuten der Totenglocke hatte eine Weile ausgesetzt, war nun aber wieder zu hören. Lauter und höher als zuvor. Die metallischen Töne drangen durch Jups Ohren in sein Gehirn und lähmten seine Gedanken. So groß sein Schock über die riesige Spur auch war, er wollte nicht mehr flüchten.

Fast wie von allein setzten sich seine Beine in Bewegung. Jups Schritte waren mechanisch und eckig. Er fühlte sich wie ein Roboter, der ferngesteuert wurde.

Sein Ziel war es, die Glocke zu finden. Das Läuten zog ihn an wie ein Magnet.

Ich muss die Glocke finden! Ich muss die Glocke finden. Dieser Gedanke hämmerte ununterbrochen in seinem Kopf.

Eine unsichtbare Kraft schob Jupiter durch den Wald immer näher zu der Glocke hin. Das Läuten war fordernd geworden und klang wie: Wo bleibst du? Wie lange muss ich noch warten?

Im Inneren der Insel wallte Nebel. Nass und schwer hing er wie eine Decke über einer riesigen Lichtung. Eine bohrende Kälte ging von ihm aus und griff wie eine eisige Hand nach Jupiter.

Hinein! Ich muss hinein und die Glocke finden! Die Glocke finden. Die Glocke finden.

Für einen Augenblick stutzte Jupiter.

Wieso war es hier so hell? Er blieb stehen und sah sich um. Alle paar Meter war eine Feuerschale aufgestellt, aus der bläuliche Flammen loderten. Wo kamen sie her?

Die Schalen bildeten einen Weg. Den Weg zur Glocke. Ich muss die Glocke finden.

Der Nebel hüllte Jup wie ein schweres Tuch ein. Er sah nur noch Grau um sich herum.

Seine Schritte wurden schneller. Er lief über einen Weg, der mit großen Kieselsteinen gepflastert war und kam zügig voran.

Kling-kling-kling! Schritt-Schritt-Schritt!

Schneller, schneller, schneller!

Jupiter konnte nicht mehr stehen bleiben.

Da zerrissen die nassen Schwaden und er gelangte plötzlich in einen kuppelförmigen Raum, der sich wie eine große Blase im Nebel befand.

Wie gab es das? Wie war das möglich? Wie konnte der Nebel einen Raum bilden?

In der Mitte des Raumes wölbte sich ein Bogen, der nach oben hin spitz zulief. Er war weder aus Stein noch aus Holz erbaut. Die glatte Oberfläche glänzte metallisch, war aber nicht fest. Immer wieder liefen Wellen von unten nach oben durch die beiden Teile des Bogens.

Ganz oben hing die graue Glocke, die unermüdlich hin- und herzuckte. Bei jedem Schlag des Klöppels musste Jupiter einen Schritt näher machen.

Ein Brummen kam aus dem Bogen. Wie der tiefste Ton einer Orgel. Was erzeugte diesen Ton?

Der Bogen stand ganz allein auf dem Platz aus grauem Stein. Es gab keine Mauern ringsumher und auf der anderen Seite war das Grau des Nebels zu sehen.

Jupiter war nur noch wenige Schritte von dem Bogen entfernt. Er konnte nicht anders, er musste hindurchgehen.

Das Brummen ließ den Boden vibrieren.

Den Blick hatte Jup nach vorn gerichtet, durch den Bogen.

Seine Augen weiteten sich vor Entsetzen. Er versuchte stehen zu bleiben, aber seine Beine ließen sich nicht stoppen. Sie gingen ganz allein weiter.

„Nein, nein! Neeeeiiiiinnnn!“, schrie Jupiter aus Leibeskräften.

Das Riesenmaul

Nur hinter dem Bogen war der Nebel in Bewegung geraten. Er hatte sich zu einer brodelnden Wolkenmasse verdichtet, die immer dunkler und schließlich fast schwarz wurde. Das Gespenstische daran war, dass links und rechts des Bogens alles unverändert blieb. Der Bogen schien eine Art Tor zu sein. Ein Tor in eine andere Welt.

Aus den brodelnden Wolken tauchten Gesichter auf. Ihre Haut war weiß und faltig, die Augen lagen in tiefen, dunklen Höhlen. Die dünnen, grauen Haare waren lang und stumpf.

Knochige Hände streckten sich nach Jupiter aus, versuchten nach ihm zu greifen und ihn auf die andere Seite des Tores zu ziehen.

„Nein! Neiiin!“, brüllte Jup so laut er konnte.

Die uralten Gesichter schienen ihn nicht zu hören. In ihren Mienen war keine Veränderung zu bemerken.

„Lasst mich! Nein!“, keuchte Jupiter und versuchte umzukehren. Es war nicht möglich.

Mit jedem Glockenschlag wurde eines seiner Beine nach vorn gerissen. Er musste durch den Torbogen schreiten, auch wenn er nicht wollte. Es gab keine andere Chance für ihn.

Noch sieben Schritte. Noch sechs. Noch fünf. Fast schon konnten ihn die grauen Hände berühren. Schlaff und kraftlos fuhren sie durch die Luft. Noch vier Schritte.

Der Orgelton dröhnte immer lauter.

Der Boden erzitterte wie bei einem Erdbeben. Eine starke Welle sauste von unten nach oben durch die beiden Hälften des Torbogens, der zugleich flüssig und doch fest zu sein schien.

Mit mächtigem Gedonner erbebte abermals die Erde. Nach einer kurzen Pause erneut.

Rechts über Jupiters Kopf brüllte etwas im Nebel. Er hatte den Schrei noch nie zuvor gehört. Er klang nach einem Tier. Einem großen Tier.

Der Nebel zerriss und ein schuppiger Kopf mit tellergroßen gelben Augen sauste herab. Jup starrte in ein weit geöffnetes Maul, in dem eine kleine rosafarbene Zunge tanzte. Aus den Kiefern ragten messerlange, spitze Zähne. Schäumender Speichel quoll zwischen ihnen heraus und rann über das Maul.

Mit einem tiefen, gurgelnden Brüllen stürzte das Ungeheuer auf Jupiter zu. Dabei stieß es gegen den Torbogen, der zu wanken und zu wabbeln begann, als wäre er aus Gummi. Die Glocke fiel zu Boden, der Bogen kippte.

Die Münder der Gesichter formten sich zu einem verzweifelten „Nein!“, bevor die dunklen Wolken in die andere Welt zurückgesogen wurden und in einem Strudel verschwanden. Die rätselhaften Fratzen wurden dabei mitgerissen.

Das Tor zerbrach beim Aufprall nicht in Trümmer, sondern sank lautlos in sich zusammen wie eine hohe Welle. Übrig blieb nur eine riesige silberne Pfütze, die sich wie ein kleiner See nach allen Seiten hin ausbreitete.

Jupiter spürte, dass er jeden Muskel seines Körpers angespannt hatte. Wie erstarrt stand er da und konnte den Blick nicht vom Boden wenden. Jemand beobachtete ihn.

Er schaute auf und blickte direkt in ein gelbes Reptilienauge mit schlitzförmigem Sehspalt. Abwartend funkelte es ihn an.

Der schuppige Schädel war riesig, mindestens so groß wie ein VW-Käfer. Das Maul wurde aufgerissen und abermals brüllte das Tier los. Der Luftstoß, der aus seinem Rachen kam, war so stark, dass Jupiter nach hinten geworfen wurde, stolperte und fiel. Sofort wollte sich das Monster auf ihn stürzen. Jup robbte rückwärts und ließ es dabei keine Sekunde aus den Augen.

„Hau ab!“, wollte er schreien, aber aus seinem

Mund kam nur ein leises Wimmern. Um seinen Hals baumelte noch immer die Sofortbildkamera. Er wollte sie nach dem Ungeheuer werfen, doch er bekam den Riemen nicht über den Kopf. Aus Versehen drückte er den Auslöser, es blitzte grell und unter lautem Surren kam das Bild aus dem Schlitz.

Geblendet kniff das Monster die Augen zu und warf brüllend den Kopf in die Höhe.

Jupiter gelang es endlich, auf die Beine zu kommen. Was danach geschah, konnte er später nie genau sagen. Seine Beine waren wie von allein losgerannt. Immer schneller. Spitze Steine hatten sich in seine nackten Füße gebohrt, doch Jupiter hatte es nicht gespürt. Die schwarzen Baumstämme waren an ihm vorbeigeflogen. Er hatte in seinen Ohren nur das eigene Keuchen gehört. Sein Herz schlug bis zum Hals und der Schweiß war über seinen Rücken geströmt.

Schließlich hatte er die letzten Bäume hinter sich gelassen und rannte auf den Strand hinaus. Hastig leuchtete er die Linie ab, die das Wasser des Sees auf den Kieselsteinen hinterlassen hatte und suchte nach dem Ruderboot.

Er musste es finden. Er musste es finden. Er musste ..., Jupiter erstarrte. Was war das?

Ein blinder Passagier

Was hatte das zu bedeuten?

Jupiters Lungen brannten, als hätte jemand glühende Kohlen eingefüllt. Erst jetzt spürte er das schreckliche Seitenstechen, das ihm fast den Atem raubte.

Japsend taumelte er den Strand hinunter. Er bückte sich ächzend und betrachtete die Spuren auf dem Boden. Sie stammten eindeutig von Schwimmflossen und konnten noch nicht alt sein.

Sehr interessant.

Vor Anstrengung keuchend taumelte er weiter bis zu dem kleinen Ruderboot, mit dem er gekommen war. Es lag noch immer auf dem Strand, so wie er es verlassen hatte. Jup zog es durch den Sand und über die Steine ins Wasser und schwang sich an Bord.

Sein ganzer Körper schmerzte, als wäre er gefoltert worden. Bestimmt hatte er morgen den schlimmsten Muskelkater seines Lebens.

Mit einem Ruder stieß sich Jup kräftig ab und der morsche Kahn glitt durch das dunkle Wasser auf den See hinaus.

Ein Kratzen unter der Bank im Heck ließ Jup

erschrocken in die Höhe fahren. Die Ruder entglitten ihm, eines rutschte aus der Drehgabel, fiel ins Wasser und trieb sofort davon.

Das Boot geriet heftig ins Schwanken, als Jup mit dem anderen Ruder das verloren gegangene zurückholen wollte. Schnell setzte er sich wieder hin.

Mist. Das Ruder war fort. Er konnte es nicht mehr sehen. Nun musste er mit nur einem Ruder zur Stadt zurückgelangen. Er konnte also nur paddeln und das würde in dem breiten Boot Schwerarbeit werden.

Ein lang gezogenes Wimmern ertönte unter der Bank hervor.

Jupiters Herz schlug sofort wieder doppelt so schnell. Trotz der Kühle der Nacht rann ihm der Schweiß aus allen Poren. Er richtete den Strahl der Taschenlampe auf das unheimliche Schwarz im hinteren Teil des Bootes.

In dem Lichtkegel war der Kopf des struppigen Hundes zu erkennen. Treuherzig sah ihn das Tier mit seinen feuchten, dunklen Augen an und winselte bittend.

Erleichtert atmete Jupiter auf. „Hast du mich erschreckt. Hast dich wohl heimlich an Bord geschlichen, du blinder Passagier?“

Der Hund legte den Kopf von einer Seite auf die andere und spitzte die ausgefransten Ohren.

Ein ungutes Gefühl beschlich Jupiter.

Es war doch der Hund gewesen, der ihn zu diesem Torbogen geführt hatte. Oder der Klang der Totenglocke?

Wieso war der Hund plötzlich verschwunden?

Sollte er ihn wirklich mitnehmen?

Oder sollte er ihn nicht besser zurück auf die Insel bringen?

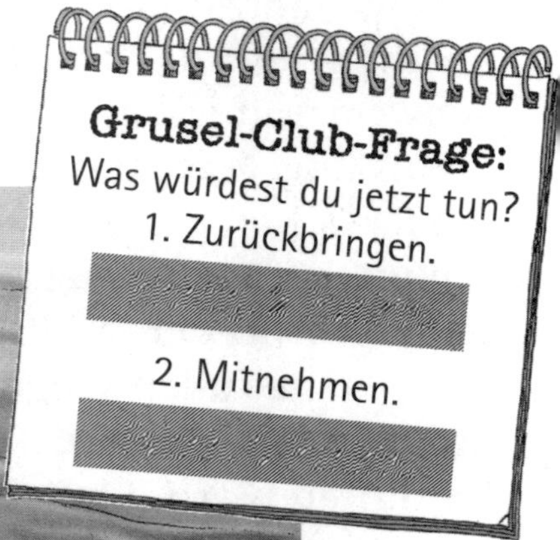

Grabsteingesichter

Links, rechts, links, rechts.

Jupiter paddelte und paddelte und paddelte. Das Boot schien sich nur im Zeitlupentempo durch das Wasser zu bewegen.

Ihm kam ein schrecklicher Gedanke: Ich fahre in die falsche Richtung. Ich steuere auf den See hinaus!

Doch dann tauchte schließlich eine lange Kette kleiner Lichter in der Ferne auf. Die Lampen der Uferpromenade!

Die Aussicht, bald wieder festen Boden unter den Füßen zu haben, beflügelte Jupiter.

Morgen habe ich Oberarmmuskeln wie Mister Universum persönlich, dachte Jupiter, als er das Boot vertäute. Er fröstelte und schlug mit den Armen um sich, damit ihm ein bisschen wärmer wurde. Barfüßig huschte er durch die dunklen, verlassenen Gassen von Gallenburg. Es war nach Mitternacht und hinter keinem der Fenster brannte noch Licht.

„Und wie komme ich in mein Zimmer?“, überlegte er. Oliver hielt bestimmt noch Wache.

Die Pension besaß zwei Eingänge. Der Vordereingang war abgesperrt. Es gab zwar einen Klingelknopf, aber Jup wollte Alfred nicht unbedingt aus dem Bett werfen. Bestimmt wäre dem Erzieher ausnahmsweise einmal sein eingefrorenes Grinsen vergangen und er hätte Jupiter eine stundenlange Strafpredigt gehalten.

Also schlich Jup zur Rückseite des Hauses, wo sich der andere Eingang befand. Die Klinke ließ sich niederdrücken, die Tür ging auf. Der Gang, der dahinter lag, wurde von einer schwachen nackten Glühbirne schummrig beleuchtet.

Beinahe wäre Jup über etwas gestolpert, das quer vor ihm lag. Gleichmäßiges Atmen drang an sein Ohr. Er blickte nach unten und grinste schief. Auf dem Boden, mit dem Rücken gegen die Wand gelehnt, saßen Oliver und seine Helfer. Alle schliefen tief und fest. Sie hatten wohl auf Jupiter gewartet, waren dabei aber vom Schlaf übermannt worden.

Na wartet, dachte Jup. Er bückte sich und hantierte kurz an den Füßen der Jungen. Danach pflanzte er sich groß auf der Treppe auf und leuchtete mit der Taschenlampe von unten auf sein Gesicht. Er schnitt eine wilde Grimasse und stieß einen lang gezogenen schaurigen Laut aus.

Erschrocken rissen Oliver und die anderen die Augen auf. Sie waren so verschlafen, dass sie sich zuerst nicht zurechtfanden und verwirrt die Augen rieben. Dann aber entdeckten sie die Gestalt auf der Treppe und keuchten entsetzt. Sie sprangen auf, stolperten aber sofort und landeten wieder auf dem Boden. Dabei verhedderten sie sich ineinander und bald waren sie nur noch ein Knäuel aus Armen und Beinen.

Kichernd huschte Jup nach oben und verschwand in seinem Zimmer. Er breitete den Schlafsack auf dem Bett aus und schlüpfte hinein. Draußen auf dem Gang ging das Licht an.

„Was ist dort unten los?“, fragte Alfred gähnend. Jup hörte, wie er die Treppe hinuntertappte. Gleich darauf polterte Alfred los: „Seid ihr noch zu retten? Was treibt ihr hier um diese Zeit? Raus mit der Sprache! Steht auf! Los!“

„Wir ... wir können nicht!“, jammerten die Jungen. Jupiter hatte die Schnürsenkel ihrer Schuhe miteinander verknotet. Oliver hing nun, im wahrsten Sinne des Wortes, an seinen Kumpanen. Zufrieden lächelnd streckte sich Jupiter aus. Erst jetzt spürte er, wie müde und erschöpft er war. Sobald er jedoch die Augen schloss, tauchten die grässlichen Gesichter wieder auf. In seinen Ohren dröhnte noch immer das Brüllen des Monsters.

„Jupiter ist schuld daran!“, hörte er Oliver unten jammern.

Schritte polterten die Treppe nach oben.

Schnell drehte sich Jup zur Wand und stellte sich schlafend. Dabei bohrte sich etwas Kantiges in seinen Bauch.

Alfred warf einen Blick in das Zimmer.

Jupiter schnarchte leise.

„Der schläft doch“, sagte Alfred leise und zog die Tür zu. Anschließend verdonnerte er die Jungen zu einer Strafarbeit am nächsten Tag in der Gaststube.

Als wieder Ruhe im Haus eingekehrt war, holte Jup die Kamera hervor, die noch immer um seinen Hals hing. Das Bild des Ungeheuers steckte schief im Auswurfschlitz. Jup knipste die Nachttischlampe an und betrachtete es nachdenklich. Dann zog er aus der Tasche seiner Jogginghose die anderen Fotos. Verwundert runzelte er die Stirn.

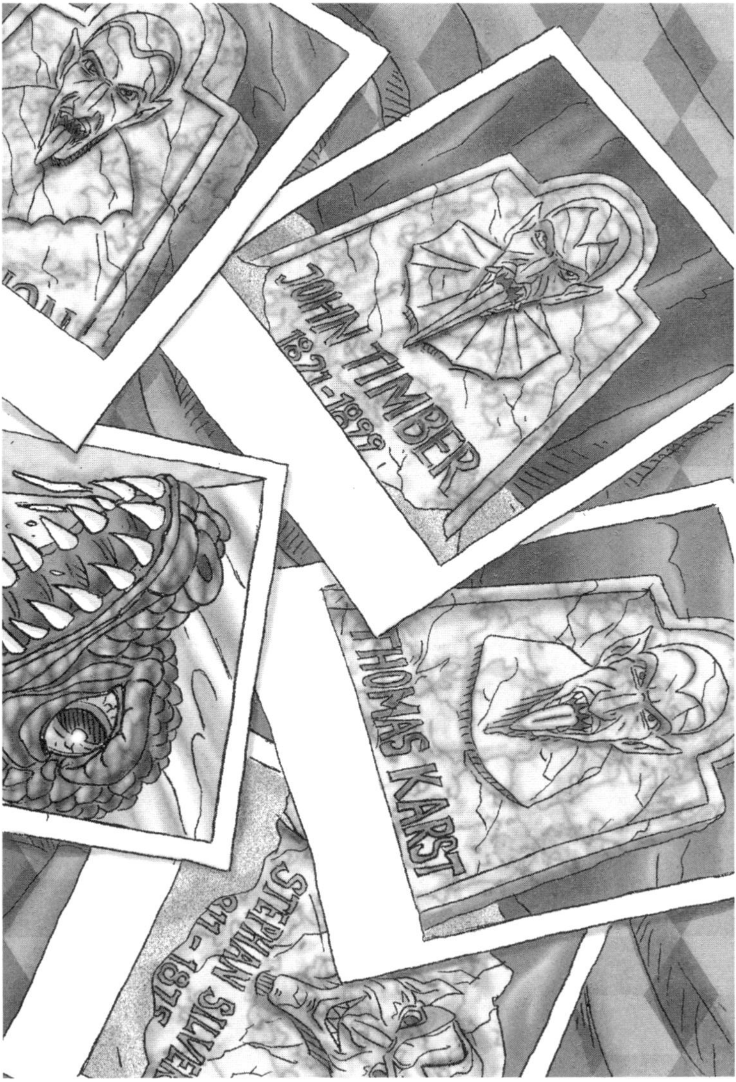
JOHN TIMBER
1821-1899
THOMAS KARST
STEPHAN SILVE

Rache ist Blutwurst!

Mit einem tiefen Seufzer legte Jupiter den Telefonhörer wieder auf. Er ging zurück in die Stube der Pension, wo die anderen Jungen und Mädchen frühstückten. Bereits am nächsten Tag würden Vicky und Nick eintreffen. Vicky war wieder gesund und wild darauf, mehr über die Grabsteininsel herauszufinden.

Als sich Jup an seinen Tisch setzte, spürte er die bösen, giftigen Blicke von Oliver und den anderen Jungen, die ihm in der Nacht den Streich gespielt hatten.

Oliver beugte sich herüber und zischte drohend: „Rache ist Blutwurst, du Angeber!"

Jupiter wollte sich schon verteidigen, dass er kein Angeber war, ließ es dann aber bleiben.

„Du hast dir auf der Grabsteininsel voll in die Hosen gemacht vor Angst!", sagte Oliver leise, aber trotzdem laut genug, damit es die anderen hören konnten. Seine Anhänger kicherten hinter vorgehaltener Hand.

„Woher willst du das wissen?", fragte Jupiter mit gespielter Ahnungslosigkeit.

„Wir ... wir haben dich beobachtet ..., mit dem Fernglas!", stotterte Oliver.

In Wirklichkeit war Oliver in der Nacht zur Grabsteininsel geschwommen. Er hatte seinen schwarzen Taucheranzug als Schutz gegen die Kälte des Wassers getragen. Hinter einem Grabstein versteckt hatte er dann auf Jup gewartet und ihn am Fuß gepackt. Die Abdrücke der Schwimmflossen waren Jup nicht entgangen.

Er lächelte Oliver mitleidig an. „Mann, denkst du wirklich, ich fürchte mich vor Händen, die aus Gräbern kommen? Ich habe sofort gecheckt, dass du mich erschrecken wolltest."

Das war glatt gelogen, aber Oliver fiel darauf herein.

„Warum bist du eigentlich so schnell wieder zurückgeschwommen?", wollte Jupiter wissen. „Hast du es mit der Angst zu tun bekommen?"

Oliver bekam einen roten Kopf und seine Freunde kicherten wieder. Diesmal über ihn.

„Mach dir nichts draus, es kann nicht jeder so viel Mut haben wie ich!", erklärte Jupiter mit breitem Grinsen.

Wütend biss Oliver in sein Brot, erwischte dabei aber seine Zungenspitze und verzog ächzend das Gesicht.

Obwohl es ihm schwer fiel, behielt Jupiter seine Erlebnisse auf der Grabsteininsel für sich. Er wollte sie erst am nächsten Tag mit seinen Freunden vom Grusel-Club besprechen.

Zum ersten Mal schien an diesem Tag die Sonne. Alfred führte die Gruppe daher an den See.

Als Jup sein Handtuch auf einer Bank ausbreitete, hörte er neben sich ein leises Winseln. Der struppige graue Hund war wieder da. Er setzte sich und wedelte bittend mit der Pfote.

„He, wo hast du gesteckt?“, fragte ihn Jup. Der Hund war mit ihm aus dem Boot gestiegen, dann aber in der Nacht verschwunden. Dafür wich er jetzt nicht mehr von Jupiters Seite.

Am Ufer des Sees entdeckte Jup eine Tafel mit einer Karte des Gallensees samt seinen kleinen Inseln. Bei der Grabsteininsel war ein Aufkleber angebracht. In roter Leuchtschrift stand darauf:

BETRETEN STRENGSTENS VERBOTEN!!!

Der Aufkleber war neu und weiß.

Mit den Händen auf dem Rücken kam ein Mann in einer dunkelblauen Uniform den Weg entlang. Er ging leicht nach vorn gebeugt. Auf seinem Ärmel war ein Streifen aufgenäht, der ihn als „Gäste-Betreuer“ auswies.

Jupiter ging auf ihn zu und fragte höflich: „Entschuldigung, aber warum ist das Betreten der Grabsteininsel nicht erlaubt?“

BETRETEN
VERBOTEN

Die Miene des Mannes verfinsterte sich.

„Hast du vielleicht vor mit einem Boot hinüberzufahren?“, fragte er streng.

„Nein, ich will nur wissen, was auf der Insel los ist. Muss ja etwas Gefährliches sein, wenn das Betreten verboten ist!“

Das teigige Gesicht des Mannes schoss vor und die dunklen Rattenaugen funkelten Jup an. Mahnend erhob der Mann den Zeigefinger und sagte drohend: „Lass dir nie einfallen, deinen Fuß auf diese Insel zu setzen.“

„Warum?“ Jup beharrte auf seiner Frage.

„Zu viel Neugier kann schädlich sein“, erklärte der Mann und verzog seinen Mund zu einem bösartigen Grinsen. Seine Zähne waren klein und grau. „Also schön brav immer in der Nähe des Strandes bleiben. Ab morgen regnet es aber ohnehin wieder“, fügte der Mann hinzu.

Er ließ Jupiter einfach stehen und ging weiter.

Alfred trat zu Jup und legte ihm die Hand auf die Schulter. „Nun, Sportsfreund, alles unter Kontrolle?“

„Warum ist es verboten, die Grabsteininsel zu betreten?“, fragte Jupiter auch ihn.

Das Gesicht des Erziehers wurde ernst. „Wegen der schrecklichen Vorfälle. In den vergangenen Wochen sind vier Leute verschwunden, die unbedingt am Strand der Insel ein Lagerfeuer machen wollten. Ihre Todesschreie waren über den ganzen See zu hören. Mehrere Leute sind sofort zur Insel gefahren, konnten die vier aber nicht mehr finden. Ist das nicht Grund genug die Insel zu meiden?“

Jupiter sah Alfred nachdenklich an. Stimmte die Geschichte oder nahm ihn Alfred auf den Arm?

Unbekannte Tote

„Habe ich dir Angst gemacht?“, fragte Alfred besorgt. Als Jupiter nicht sofort antwortete, sagte er schnell: „Du darfst mir nicht alles glauben. Ich habe die Geschichte erfunden.“ Er brach in schallendes Gelächter aus und ließ dann Jup stehen, weil er zwei Raufende trennen musste.

„Ha-ha-ha!“, machte Jup hinter seinem Rücken. Er hatte keine Lust ins Wasser zu gehen und legte sich auf die Bank.

Nach einer Weile hörte er ein Winseln neben sich. Er blinzelte, weil ihn das Sonnenlicht blendete und erkannte den grauen, struppigen Hund. Ihn hatte er schon fast vergessen.

„Wo kommst du denn her?“, fragte Jupiter.

Der Hund klopfte auffordernd mit den Vorderpfoten auf den Boden und machte ein paar Sprünge in Richtung See.

„Lass mich! Ich habe keine Lust zu schwimmen!“, brummelte Jup.

Der Hund blickte ihn treuherzig an und winselte leise. Er kam und rieb seinen Kopf an Jupiters Arm. Dann leckte er mit seiner trockenen, sehr rauen Zunge über Jups Hand. Die Zunge kratzte wie Sandpapier. Jupiter spürte ein starkes Brennen auf der Hand. „Aua!“, rief er und zog die Hand weg. Eine schmale Blutspur blieb an der Stelle, wo der Hund geleckt hatte. Seine Zunge war so rau, dass sie die Haut abgeschürft hatte.

Als Jup den Hund ausschimpfen wollte, war er verschwunden.

Am nächsten Tag schüttete es wieder wie aus Kannen. Die Wolken hingen so tief, so nass und schwer, dass es in Gallenburg gar nicht richtig hell wurde.

Um 10.25 Uhr trafen Vicky und ihr Bruder Nick am Bahnhof ein. Jupiter hatte die Erlaubnis bekommen sie abzuholen. Mit zwei Schirmen bewaffnet war er losgelaufen.

Auf dem Weg zur *Pension Auerhahn* ließen sich die drei viel Zeit. Es war die einzige Möglichkeit ungestört und ohne lästige Lauscher zu reden.

Aufmerksam hörten sich der Cousin und die Cousine Jupiters an, was sich alles ereignet hatte. Danach stand für Vicky fest, was geschehen sollte.

„Wir fahren noch einmal auf diese Insel und sehen uns genau um. Jetzt wissen wir, was alles geschehen kann, deshalb wird es uns nicht mehr so erschrecken. Gute Vorarbeit, Jupiter, Respekt!", lobte sie den Jungen.

„Danke", erwiderte Jup trocken. „Deinen Assistenten und Helfer kippt so viel Lob fast aus den Schuhen." Er tat, als würde er umfallen und ließ sich von Vicky auffangen.

„Blödmann!", schimpfte sie und rückte ihre Brille gerade. Nick grinste verschmitzt.

Am Nachmittag verkündete Alfred, dass sie einen Ausflug in das Stadtmuseum unternehmen wollten. Der Grusel-Club fand den Vorschlag gut. Vielleicht konnten sie ja dort mehr über die Grabsteininsel erfahren.

Im Museum wurde die Gruppe von einem schlanken, hoch gewachsenen Mädchen empfangen, dem links und rechts ein dünnes Pferdeschwänzchen vom Kopf wegstand. Das Mädchen war sehr aufgeregt.

„Mein Name ist Erika. Soll ich euch durch das Museum führen oder wollt ihr euch allein umsehen?", fragte sie.

Oliver warf ihr einen hochmütigen Blick zu und grunzte: „Wir langweilen uns lieber allein, danke!" Er gab seinen Getreuen einen Wink, ihm zu folgen.

Jupiter, Vicky und Nick traten zu dem Mäd-

chen, das mit hängenden Schultern dastand und ein sehr enttäuschtes Gesicht machte.

„Wir haben ein paar Fragen", begannen sie.

„Bitte sehr. Fragt nur!" Erika strahlte, als wäre gerade die Sonne aufgegangen.

„Wer ist auf der Grabsteininsel begraben?", wollte Jup wissen.

Erika rückte nur langsam damit heraus, was sie wusste. „Tja ... also ..., das ist eine merkwürdige Geschichte. Die Grabsteine sind immer über Nacht aufgetaucht. Als wären sie aus dem Boden gewachsen. Keiner kennt die Namen, die eingemeißelt sind. Diese Leute haben nie in Gallenburg gelebt. Auch nicht in der Umgebung. Aber früher soll jedes Mal ein Bewohner der Stadt verschwunden sein, wenn ein neuer Grabstein aufgetaucht ist."

Etwas Ähnliches hatte Alfred damals auf dem Schiff erzählt.

„Wann ist der letzte dieser Steine erschienen?", forschte Jup weiter.

Erika überlegte kurz. „Ich weiß es nicht genau. Doch es ist lange her. Die verschwundenen Bewohner sind übrigens alle wieder aufgetaucht. Entweder wurden sie aus dem See gezogen oder sie haben es selbst bis zum Ufer geschafft. Sie standen unter Schock und behaupteten auf der Grabsteininsel gewesen zu sein. Was sie dort erlebt hatten, muss so schrecklich gewesen sein, dass sie kaum in der Lage waren davon zu erzählen."

Staunend hörten die drei vom Grusel-Club zu. Erika war aber noch nicht fertig. „Die Insel wird deshalb nie betreten. Übrigens: Der Grund für die kahlen Bäume ist eine Blattlaus, die es sonst nirgendwo gibt. Manche behaupten, Bauern und Gärtner hätten die Grabsteine aufgestellt und die Gerüchte in die Welt gesetzt, um alle Leute von der Insel fern zu halten. Jeder, der seinen Fuß auf die Grabsteininsel setzt, kann nämlich Blattläuse als blinde Passagiere zurückbringen."

Vorsichtig erkundigte sich Jupiter nach dem Monster.

Erika lachte auf. „Wollt ihr mich verkohlen? Von einem Monster habe ich noch nie gehört."

Nick war weitergeschlendert und hatte sich die Ausstellungsstücke des Museums angesehen. Sie waren nicht gerade aufregend. Ein paar Steine, die grob zu einfachen Schneidewerkzeugen geklopft waren und angeblich aus der Steinzeit stammten; einfache Messer, Tierknochen und

Waffen der Ritter, die in der Gallenburg gelebt hatten.

Vicky und Jupiter folgten ihm. In Gedanken waren die beiden noch bei der Grabsteininsel. An einer Wand hing ein altes Ölgemälde neben dem anderen. Die meisten waren schon verblasst und düster.

„Das gibt es nicht!“, murmelte Jupiter.

„Was gibt es nicht?“ Vicky sah ihn von der Seite fragend an.

Verschwunden auf der Insel

„Es kann niemals derselbe Hund sein!“, meinte Nick. Er beugte sich vor und entzifferte die Schrift auf dem Schild unter dem Bild. „Der Typ heißt Ignatius von Nachtflamm und hat vor zweihundertfünfzig Jahren hier gelebt.“

Vicky lachte kurz. „Wir sollten den Hund nach seinem Futter fragen. Wenn er wirklich schon zweihundertfünfzig Jahre alt ist, könnten wir mit dem Rezept eine Menge Geld verdienen.“

Jupiter hörte sie nicht. Er ging um Erika zu holen. Vielleicht wusste sie ja mehr über diesen Ignatius von Nachtflamm.

Erika nickte sofort aufgeregt, als Jup sie nach dem Mann fragte. „Eine geheimnisvolle Gestalt unserer Stadt. Er soll Alchemist und Magier gewesen sein und sich vor allem der schwarzen Magie verschrieben haben. Böse Kräfte zu beschwören war seine Leidenschaft!“

„Wo hat er gelebt?“, wollte Jupiter wissen.

„Auf der Grabsteininsel“, lautete die überraschende Antwort. Gleich darauf musste sich Erika anderen Besuchern widmen.

Vicky hatte eine Idee. „Vielleicht ist der Hund ein Nachfahre des Hundes auf dem Bild. Gewisse Merkmale können ja von den Eltern auf ihren Nachwuchs übertragen werden."

Alfred stand beim Ausgang und klatschte in die Hände. „Tempo, Leute! Wir brechen auf."

Alle atmeten erleichtert auf. Spannend und aufregend war das Museum wirklich nicht gewesen. Bevor sie den Saal verließen, drehte sich Jup noch einmal um. Ihm stockte der Atem.

Jupiter duckte sich. Er hatte Angst von den Blitzen getroffen zu werden.

„Machst du Turnübungen?“, fragte Vicky verwundert.

Jup deutete stumm auf das Bild. Vicky drehte sich um und zuckte mit den Schultern. „Ja und?“

Als Jupiter einen Blick zurück wagte, glaubte er seinen Augen nicht zu trauen. Das Bild war wieder genau wie vorher.

Während der folgenden drei Tage hörte der Regen nicht auf. Die Mitglieder des Grusel-Clubs und die anderen Mädchen und Jungen waren in der *Pension Auerhahn* wie gefangen und langweilten sich entsetzlich.

Nicht einmal in der Stube mit den Geweihen konnten sie sich mehr aufhalten. Die Besitzer der Pension bewirteten dort andere Gäste.

Jupiter, Vicky und Nick gelang es dann aber doch, in der Stube zu sitzen. Sie bestellten jeder eine Cola und ließen sich mit dem Trinken sehr viel Zeit.

„Das Ferienlager ist ein Alptraum. Ich möchte am liebsten noch heute nach Hause fahren“, stöhnte Nick und gähnte gelangweilt.

Vicky und Jupiter konnten ihm nur zustimmen. Das Rätsel um die Grabsteininsel war der einzige Grund, warum sie ausharren wollten.

Am Nebentisch saßen drei bärtige Männer. Alle drei starrten nachdenklich in ihre Biergläser. Immer wieder warfen sie einen Blick auf die Uhr, schoben dann den Vorhang zur Seite und blickten durch das regennasse Fenster auf die Straße. Sie redeten Englisch, aber die Grusel-Clubber konnten sie trotzdem verstehen.

„Er müsste längst zurück sein. Wo bleibt er so lange?“, fragten sie sich immer wieder.

„Ich war von Anfang an dagegen!“, erklärte der Dünnste der drei.

„Hör zu, Elroy. Es kostet uns nichts und ist ein echter Härtetest. Das Geld, das wir sparen, wandert in unsere Taschen“, sagte einer der Männer, der einen dünnen Zopf im Nacken geflochten hatte.

„Die Insel ist ideal: Keiner betritt sie, das Wetter ist schlecht, die Landschaft ist schwierig. Für das Baby wirklich ein Härtetest!“, meinte der dritte, der einen kurzen Bürstenhaarschnitt und ein sehr breites Gesicht hatte. „Wir hätten sonst ein großes Grundstück anmieten müssen. So mussten wir nur die Strandwächter bestechen und der Rest der Kohle gehört uns.“

Wie auf Kommando wandten sich Jup, Vicky und Nick den Männern zu. „Äh ... Entschuldigung ... Wir haben zufällig gehört, worüber Sie gerade geredet haben.“

Die Männer starrten sie finster an. Ihr Ärger über die Störung war nicht zu übersehen.

„Sie sprechen doch von der Grabsteininsel, oder?“ Vicky durchbohrte die Männer mit ihrem Blick, damit sie erst gar nicht auf die Idee kamen nach Ausflüchten zu suchen.

Statt einer Antwort hoben die drei ihre Gläser, nahmen einen Schluck Bier und wischten sich den Schaum von den Lippen. Schließlich sagte der Mann mit dem Bürstenhaarschnitt leise: „Ja, aber ..., was sollen diese Fragen?“

„Einer von Ihren Kollegen ist auf der Insel?“, forschte Jupiter weiter.

Ein kurzes Nicken war die Antwort.

„Wenn er nicht zurückgekehrt ist, dann könnte er auf das Tor gestoßen sein. Sie müssen auf die Insel. Ich kann Sie zu der Stelle führen, wo sich das Tor befindet!“, bot Jup an.

Die Männer blickten einander fragend an.

„Ich war selbst auf der Insel und bin auch diesem Monster begegnet, das Sie als ‚Baby‘ bezeichnen!“, fügte Jup erklärend hinzu.

Wie auf Kommando erhoben sich die drei Männer gleichzeitig.

„Wir holen nur unsere Regenjacken!“, riefen die drei vom Grusel-Club. Vor Aufregung hatten sie weiche Knie und ein flaues Gefühl im Bauch. Sie würden schneller auf die Insel kommen, als sie gedacht hatten.

Zum Glück war Alfred gerade damit beschäftigt einen Streit zu schlichten. Ihm fiel nicht auf, wie die drei das Haus verließen. Sie waren überzeugt, in spätestens zwei Stunden wieder zurück zu sein.

Doch das war ein großer Irrtum.

Rückkehr auf die Grabsteininsel

Die Männer warteten auf der Straße unter dem Vordach der *Pension Auerhahn*. Sie hatten die Kragen aufgestellt und traten von einem Bein auf das andere. Jupiter stellte seine Freunde und sich vor. Die Männer taten das Gleiche. Sie hießen Elroy, David und Jason und kamen alle drei aus Kalifornien.

Gemeinsam liefen sie die Straße hinunter zum Ufer des Sees. Dort schaffte es Elroy einen Bootsvermieter aus dem Haus zu klingeln und ihm zwei Elektroboote abzuschwatzen. Der Mann wollte nicht in den Regen hinaus und überreichte Elroy einfach die Schlüssel zu den Booten.

Nachdem sie die Abdeckplanen entfernt hatten, kletterte der Grusel-Club in ein Boot, die Männer kletterten in das andere. Sie drückten den Startknopf und die Schiffsschraube setzte sich surrend in Bewegung. Langsam glitten die Boote auf den See hinaus.

Die Wasseroberfläche sah aus wie flüssiges Blei. Die Regentropfen klatschten ununterbrochen auf den See. Wie ein grauer Vorhang hing der Regen über der Stadt und den Bergen.

Als sie die Grabsteininsel erreichten, fuhren sie am Strand entlang, bis sie auf ein Boot mit Außenbordmotor stießen. Es war an einem Stamm nahe am Wasser festgebunden worden.

„Das ist das Boot unseres Kollegen!“, riefen die Männer aufgeregt und steuerten das Elektroboot zum Strand. Der Kies knirschte scharf, als der Kiel des Bootes darüber kratzte.

Jup, Vicky und Nick zogen sich Schuhe und Strümpfe aus und kletterten über Bord in das seichte Wasser. Sie wateten zum Strand und suchten nach einer Möglichkeit ihr Boot zu vertäuen.

„Wir können es nur an dem Grabstein festmachen“, sagte Nick und verzog das Gesicht.

„Immer noch besser, als wenn es abgetrieben wird“, meinte Vicky.

Die Schuhe des vierten Mannes hatten deutliche Abdrücke im Sand hinterlassen. Sie führten in den kahlen Wald. Es ist fast der gleiche Weg, den ich gegangen bin, dachte Jupiter. War der Mann auf das unheimliche Tor gestoßen? War er durchgegangen?

Unablässig prasselte der Regen vom Himmel. Das Wasser drang durch die Regenjacken in die Klamotten der Grusel-Clubber. Nick begann mit den Zähnen zu klappern und Vicky schimpfte leise vor sich hin.

Sie hatten eine Stelle erreicht, wo der Waldboden überflutet war. Knöcheltief stand hier das Wasser und es war unmöglich festzustellen, in welche Richtung der Mann weitergegangen war.

Jupiter machte einen Vorschlag: „Wir gehen außen an der Riesenpfütze entlang. Irgendwo muss die Spur ja wieder rauskommen und weiterführen."

Die drei vom Grusel-Club liefen nach links, die Männer nach rechts. Bald waren sie zwischen den schwarzen, glänzenden Baumstämmen verschwunden. Ihre Stimmen wurden von dem Rauschen des Regens verschluckt.

Jupiter blieb plötzlich stehen und streckte die Arme zur Seite um seine Freunde aufzuhalten.

„Was ist?", wollte Vicky wissen.

Stumm deutete Jup vor seine Füße. In dem aufgeweichten Boden waren die riesigen Abdrücke der Pfoten des Monsters zu sehen. Sie hatten die Größe von Baby-Planschbecken.

„Das ... das gibt es nicht. So ein riesiges Vieh lebt heute nicht mehr!", stammelte Nick.

„Es lebt und ich habe es gesehen. Die Männer nennen es ‚Baby', aber es ist ... ein Ungeheuer!"

Vicky wischte sich den Regen aus dem Gesicht. „Ich bin nicht wirklich wild darauf, diesem Vieh ins Maul zu laufen. Wohin ist es gegangen? Welche Spur ist die frischeste?“

Grusel-Club-Frage:
Welche Spur ist die frischeste?

Die schwarze Ruine

Jupiter formte mit den Händen einen Trichter und schrie: „Hallo, wir haben etwas gefunden. Kommt her!“

Der Ruf verhallte zwischen den Bäumen.

„Los, ruft mit!“, forderte Jup die anderen auf. Sie brüllten gemeinsam. Trotzdem kam keine Antwort.

„Was soll das? Die müssen uns doch hören!“, sagte Jupiter. Seine Stimme zitterte leicht.

Die drei unternahmen noch einen Versuch. Sie schrien, dass ihnen Hals und Brust wehtaten. Doch es war, als würden die kahlen schwarzen Baumriesen die Rufe schlucken und ersticken.

„Was tun wir jetzt?“, wollte Nick wissen.

„Wir gehen zu der Stelle zurück, wo wir uns getrennt haben und laufen dann auf der anderen Seite des Wassers entlang“, schlug Vicky vor.

Nick drehte sich einmal im Kreis und atmete tief durch. „Wisst ihr eigentlich noch, aus welcher Richtung wir gekommen sind?“, fragte er.

„Aus der!“, sagte Jup und deutete nach links.

Vicky schüttelte den Kopf. „Irrtum, von dort!“

Nick verzog das Gesicht. „Ich bin sicher, wir sind von ganz woanders gekommen.“

Ratlos sahen die drei einander an. Sie hatten sich völlig verirrt. Alle Bäume sahen plötzlich gleich aus. Und nicht nur das, die Baumstämme rückten näher. Sie fühlten sich eingekreist.

„Das gibt es nicht! Unmöglich! Das ist alles nur Einbildung!", rief Jupiter.

„Ich ... ich will weg von hier!", sagte Nick leise. „Und zwar ganz schnell!"

„So riesig ist die Grabsteininsel nicht. Wir gehen einfach los, bis wir zum Strand kommen. Dort laufen wir dann weiter, bis wir unser Boot gefunden haben!", entschied Vicky.

Die Jungen waren einverstanden.

Sie machten die ersten Schritte und lächelten einander schwach zu. Ein eigenartiges Gefühl stieg in ihnen hoch. Jeder spürte es, aber keiner wollte etwas sagen.

Die beiden lassen mich sofort im Stich, wenn sie sich retten können, ging es Jup durch den Kopf. Vicky musterte ihren Bruder und ihren Cousin und dachte: Ich wette, die zwei halten zusammen, weil sie beide Jungen sind. Wenn es darauf ankommt, vergessen sie mich einfach.

Nick hatte einen ähnlichen Gedanken: Mich lassen sie bestimmt zurück, weil ich jünger bin. Vicky und Jupiter sind in Wirklichkeit gemein.

Jeder musterte die anderen abschätzend. Das Misstrauen bohrte und wühlte in ihnen.

Plötzlich stand sie da, wie aus dem Boden gestampft: Die schwarze Ruine. Eine Tür oder Fensterläden gab es schon lange nicht mehr.

Doch im Inneren war jemand. Die drei vom Grusel-Club sahen den Schein eines Feuers über die Wände tanzen. Jupiter kniff die Augen fest zusammen und riss sie danach wieder weit auf.

Hatte er sich geirrt? Oder bewegten sich tatsächlich die Steine der Ruine? An den verwunderten Gesichtern der beiden anderen konnte er feststellen, dass es ihnen ähnlich erging.

„Tretet ein, ich habe euch schon erwartet!", ertönte eine tiefe, hohle Stimme von innen.

Nick schüttelte sofort den Kopf. Vicky ging näher an eine der leeren Fensteröffnungen heran und versuchte einen Blick in das Innere der Ruine zu werfen, konnte aber niemanden sehen.

Der Magier

„Tretet ein!“ Die Stimme war jetzt nicht mehr einladend, sondern fordernd.

Jupiter machte einen Vorschlag: „Nick und ich gehen hinein und du wartest draußen, Vicky. Falls wir Hilfe brauchen, kommst du nach.“

Vicky tippte sich an die Stirn. „Du tickst ja nicht ganz richtig. Ihr beide haut sicher ab und ich stehe dann allein da. Nein, ich gehe mit Nick hinein und du bleibst hier.“

Damit war Jupiter aber nicht einverstanden.

Schließlich traten sie alle drei ein. Ein Saal mit hohem Gewölbe und dicken Säulen lag vor ihnen. Weit hinten brannte ein Feuer in einem riesigen Kamin. Davor stand jemand mit einem langen Mantel über den Schultern, der ihnen den Rücken zuwandte. Langsam und zögernd gingen die drei näher. Vicky räusperte sich.

Die Gestalt drehte sich um und der Mantel flog in die Höhe wie die Schwingen einer Fledermaus. Nick, Jup und Vicky wichen zurück. Sie erkannten den Mann sofort. Es war der Magier von dem Bild im Museum. Der Magier, der vor zweihundertfünfzig Jahren gelebt hatte.

Er stand nur wenige Schritte von ihnen entfernt am Feuer und hielt ein Säckchen in den knochigen Händen.

„Ich wusste, dass ihr kommt!“, sagte er und neigte den Kopf zur Begrüßung. Er war völlig kahl. Wie Pergament spannte sich die Haut über den knochigen Schädel.

„Wieso leben Sie?!“, platzte Jupiter heraus.

„Weil ich zurückgekehrt bin.

„Zurückgekehrt? Von wo?“

„Ich musste lange warten, bis wieder Besucher auf meine Insel kamen. Und nun gleich so viele. Welch Freude für mich und meine Freunde!“, erklärte Ignatius von Nachtflamm.

Langsam ließ er die Hand in das Säckchen gleiten und holte ein grünliches Pulver heraus. Er warf es in die Flammen. Eine Stichflamme schoss in die Höhe und süßlich-faulig duftender Rauch breitete sich aus. Jupiter hielt den Atem an. „Also, ich gehe“, sagte er leise.

„Du willst uns wohl im Stich lassen?!“, fragte Vicky mit schneidender Stimme.

„Nein, wie kommst du darauf?“ Jupiter sah sie verwundert an. Auf seiner Stirn erschien eine tiefe Falte. „*Du* willst wohl, dass ich hier bleibe und diesem Scharlatan in die Hände falle? Damit ihr euch in Sicherheit bringen könnt!“

Vicky schüttelte empört den Kopf.

Die beiden bemerkten nicht, wie ein grausames, triumphierendes Lächeln über das vertrocknete Gesicht des Magiers huschte.

„Wollt ihr nicht wissen, was es mit dem Tor in der Mitte der Insel auf sich hat?“, fragte er.

Doch, das interessierte Jupiter sehr.

„So kommt mit! Ich werde es euch zeigen, denn ich weiß, ihr werdet Stillschweigen bewahren!“ Der Magier riss den Saum seines Mantels in die Höhe. Dabei entstand ein Geräusch, als würde eine Sturmbö durch den Raum fegen.

Jupiter und Vicky beeilten sich um vor ihm draußen zu sein. Nick aber starrte den Mann fassungslos an.

Nick stürzte den beiden anderen nach und riss seine Schwester an der Jacke.

„Vicky! ... Der ... Der Mann!“, stotterte er aufgeregt. „Komm zurück, schau dir das an!“

Vicky schüttelte ihn ab und knurrte: „Kleiner, lass mich mit deinem Gequengel in Frieden! Willst wohl nur, dass ich in dieser Bruchbude bleibe und du mit Jup abhauen kannst!“

„Nein, der Magier ...!“

Hinter ihm war wieder das Brausen der Sturmbö zu hören und der Mantel flatterte von oben auf Nick herab und legte sich über ihn. Nick wollte sich aus dem staubigen Stoff befreien, der sich wie dicke Spinnweben anfühlte. Er schlug dagegen, doch der Mantel schien immer größer zu werden. Nick berührte den Körper des Magiers und hörte ein trockenes Knacken, als hätte er auf einen Haufen alter Äste geklopft.

Weil er keinen anderen Ausweg wusste, ließ er sich auf die Knie sinken und kroch unter dem Saum des Mantels hervor. Sein ganzer Körper war mit einer grauen Staubschicht überzogen, die sich mit dem Regen zu einem klebrigen Brei vermischte.

Hastig versuchte Nick sich abzuwaschen, doch das graue Zeug ging nicht ab.

Ignatius von Nachtflamm, seine Schwester und Jup waren schon weit voraus. Er verstand überhaupt nicht, wieso sie bereits einen so großen Vorsprung hatten.

„Wartet auf mich!“, rief er, sprang auf und rannte ihnen hinterher.

Die dunklen Baumstämme bildeten vor ihm plötzlich eine Allee. Vom anderen Ende näherten sich drei Gestalten.

Nick hatte Vicky und Jupiter endlich eingeholt und deutete auf die drei. „Das sind doch Elroy und die anderen!“

Jupiter winkte ihnen zu.

Sofort winkten die drei Männer zurück.

Vicky atmete erleichtert auf. „Sie sind es! Wir haben sie endlich gefunden.“

Mit großen Schritten stürmten sie auf die Männer zu. Doch dann blieb Jupiter völlig überraschend stehen und hielt seine Freunde zurück. „Nein, das sind nicht Elroy, David und Jason!“

„Doch!“, beharrte Nick.

„Nein!“, sagte Jupiter scharf.

Grusel-Club-Frage:
Wer von den beiden
hat Recht?

Zerberus

Jupiter wollte keinen Schritt mehr weiter. Zurück! Weg! Abhauen! Das waren seine einzigen Gedanken. „Wir müssen fort!“, raunte er seinen Freunden zu.

Vicky funkelte ihn böse an. „Damit du uns in eine Falle lockst und selbst entkommst, nicht wahr?“

„Du spinnst ja völlig!“, fauchte sie Jupiter an.

„Ihr wollt mich fertig machen, ich weiß es genau!“, meldete sich Nick zu Wort.

In Jupiter stieg ein fürchterlicher Verdacht auf: „Nein, ihr habt euch gegen mich verschworen!“

Ignatius stand daneben, hatte die Arme vor der Brust verschränkt und blickte die drei teuflisch grinsend an. Die drei Männer waren nun so nahe, dass die Grusel-Clubber sie erkennen konnten. Es waren wirklich nicht Elroy, David und Jason, sondern drei alte Männer. Ihre Gesichtsfarbe war gelbgrau, die Augen blickten tot und leer und die Haut schien sich wie Papier über das Skelett zu spannen. Irgendwie erinnerten sie an wandelnde Mumien.

„Ich grüße euch!“, sagte Ignatius und hob die Hand.

„Wir grüßen dich!“, antworteten die drei. „So ist es nach all den Jahren doch noch geschehen, wie du es einst vorhergesagt hast.“

„Was? Was ist geschehen?“, schrie Jupiter aufgebracht. Aber die Männer beachteten ihn gar nicht. Sie überhörten ihn einfach.

„Drei weitere werden noch an diesem Tage mit neuer Lebensenergie versehen zurückkehren, sodass wir unseren Plan endlich umsetzen können!“, verkündete Ignatius und riss die Arme in die Höhe.

„Die Vereinigung des Bösen dieser Welt, damit die schwarze Macht Besitz ergreift und alle in Verzweiflung und Verderben versinken.“

Vicky tippte sich an die Stirn. „Bei denen sind ja ein paar Schrauben locker.“

„Wir müssen weg! Kapiert ihr das endlich?!“, brüllte Jupiter.

Ignatius griff in die Tasche seines Umhangs und schleuderte das grünliche Pulver in ihre Richtung. Das Pulver. Der Rauch. Der Duft. Jup verstand. Es vernebelte ihre Gedanken, machte sie misstrauisch und argwöhnisch, ließ sie in den anderen plötzlich Feinde sehen.

„Wascht euch sofort das Zeug wieder ab!“, rief er Vicky und Nick zu.

Doch das mussten sie gar nicht tun. Der Regen spülte es ohnehin von ihren Körpern.

„Und jetzt kommt, bitte glaubt mir!", flehte Jup und drehte sich um.

Das Blut stockte ihm in den Adern.

Hinter ihm hockte der Hund. Der Körper war noch immer klein, grau und struppig. Doch sein Kopf hatte sich völlig verändert.

Ignatius' Gesicht schien wie versteinert. „Ihr werdet mit mir gehen!", sagte er eisig.

„Nein!“, erwiderte Jupiter trotzig.

Der Hund war sofort dicht hinter ihm. Sein Atem war nicht heiß und feucht, sondern eiskalt. So kalt, dass Jups nasse Hose sofort an der Stelle gefror, wo der Hund ihn anhechelte.

„Mein treuer Zerberus!“, sagte Ignatius teuflisch lächelnd. „Seit meinem Tod ist er der Hüter der Insel.“

„Seit Ihrem Tod? Sie sind eigentlich tot?“, fragte Vicky mit zitternder Stimme.

Ignatius hob eine Augenbraue und nickte nur.

„Und der Hund ist tatsächlich zweihundertfünfzig Jahre alt?“ Nick konnte es nicht fassen.

„Er war der Erste, den ich von der anderen Seite des Tores zurückgeholt habe. Seit damals ist es seine Aufgabe Menschen auf die Insel zu bringen und zum Tor zu führen. So wie jetzt gleich euch!“

Der Magier machte eine weit ausholende Handbewegung und der Hund ließ ein tiefes Knurren ertönen. „Er wusste, dass du wiederkommst und auch noch andere mitbringst“, erklärte Ignatius. „Doch jetzt ist keine Zeit mehr zu verlieren!“

Die Männer wichen zur Seite und der Hund kam langsam näher. Ein tiefes Knurren drang aus seiner Kehle. Der eisige Atem traf Vicky, Jup und Nick wie ein Faustschlag.

Sie hatten keine andere Wahl. Sie mussten die Allee weitergehen. An Flucht war nicht zu denken.

Auf jeder Seite marschierten zwei Magier, hinter ihnen lief der Hund.

Schließlich traten sie auf den Platz hinaus, wo sich der silberfarbene Torbogen erhob. Wie die Rippen eines Wals ragten die beiden Hälften vor ihnen auf. Dort, wo die Regentropfen auftrafen, bildeten sich kleine Kreise in dem flüssigen Metall.

Vicky schüttelte fassungslos den Kopf. „Das ... das besteht ja wirklich aus ... Quecksilber!“

Ignatius nickte.

„Was ... was sollen wir hier? Was haben Sie mit uns vor?“, verlangte Jupiter zu erfahren. Doch er kannte die Antwort schon. Der Gedanke daran ließ ihn erschauern.

„Weiter!“, trieb der Magier die drei Grusel-Clubber an.

Das Tor war schräg zu ihnen gestanden, drehte sich nun aber von allein in ihre Richtung. Wieder setzte der tiefe, dröhnende Ton ein. Auf der anderen Seite des Tores tauchte ein kleiner tiefdunkler Punkt auf, aus dem brodelnd und kochend die schwarzen Gewitterwolken quollen.

Nicks Blick wanderte immer wieder vom Inneren des Tores zur Seite. Während sich hinter dem Torbogen das Unwetter zusammenbraute, war daneben nichts davon zu bemerken.

Der tiefe, brummende Ton schwoll an und die Gewitterwolken begannen sich zu formen.

Jupiter griff nach den Händen seiner Freunde. Alle drei erstarrten, als sie sahen, wer sie hinter dem Tor erwartete.

Das Geheimnis des Tores

„Aber ... aber ... wie kommen die drei ... dorthin?“, stotterte Jupiter.

Ignatius von Nachtflamm machte ein geheimnisvolles Gesicht. „Schreitet durch das Tor, dann werdet ihr es erfahren.“

Vicky, Jupiter und Nick schüttelten energisch die Köpfe.

„Nein, das werden wir nicht tun. Niemals!“

Die Miene des Zauberers wechselte von geheimnisvoll zu wütend. „Geht endlich!“, schrie er. „Sie wollen nicht länger warten.“

„Sie? Wen meinen Sie damit?“, wollte Vicky wissen.

„Unsere Freunde und Brüder!“, krächzte einer der anderen Männer. Seine Stimme klang wie das Rascheln von altem, brüchigem Papier.

„Sie sind gestorben und wurden heimlich bei Nacht auf meine Insel gebracht. Hier habe ich das Tor errichtet, durch das sie und ich zurückkehren können. Doch diese Rückkehr ist nur möglich, wenn ein lebendiges Wesen das Tor durchschreitet. Für jeden Lebenden kann einer meiner Freunde diese Welt betreten!“, erklärte Ignatius.

„Und die Lebenden bleiben auf der anderen Seite des Tores gefangen!“, schrie Vicky entsetzt.

Ignatius von Nachtflamm blickte sie mit halb geschlossenen Lidern an und säuselte höhnisch: „Wie klug du doch bist, kleines Mädchen.“

„Wir gehen nicht!“, wiederholten die drei vom Grusel-Club.

Ignatius zeigte mit den langen, knochigen Fingern auf sie und schrie mit sich überschlagender Stimme: „Packt sie! Stoßt sie durch das Tor!“

Die Magier stürzten sich auf Jup, Vicky und Nick. Trockene, eiskalte Finger griffen nach ihnen wie Zangen, drückten sich tief in ihre Haut.

Die drei waren vor Schreck wie gelähmt und wehrlos. Ihre Körper wurden im Griff der Magier steif. Sie ließen sich zum Tor schleifen, wo sich ihnen gierig die körperlosen Hände der Geister entgegenstreckten.

Unter Jups Schuh knirschte etwas. Es war groß und fest. Er blickte zu Boden und zog zischend die Luft ein.

Vielleicht konnte er etwas tun, um sich und seine Freunde zu retten.

Grusel-Club-Frage:
Was hat Jupiter vor?

Der Austausch

„Gebt den Widerstand auf, er ist zwecklos!“, riet ihnen Ignatius.

Von der anderen Seite des Tores kamen die Schreie von Elroy und seinen Kameraden. Sie klangen, als wären sie kilometerweit entfernt. Die Verzweiflung und Angst waren aber nicht zu überhören.

„Holt uns raus! Helft uns! Bitte!“, flehten sie. „Der Hund hat uns durch das Tor gehetzt. Wir können nicht zurück. Helft uns!“

Die Magier hatten die drei Grusel-Clubber schon fast bis zum Tor geschleift. Ihre Arme und Beine knackten und knisterten bei jeder Bewegung. Ihre Körper schienen fast schwerelos zu sein, doch ihre Kräfte waren groß.

Jupiter tat so, als würde er stolpern und ließ sich zu Boden fallen. Der Magier, der ihn gehalten hatte, fluchte und stieß ihn mit dem Fuß weiter. Jups Finger zitterten, als er nach der Glocke griff. Noch immer lag sie auf dem Boden, wie vor drei Tagen, als das Tor eingestürzt war. Jupiter erinnerte sich genau an die hypnotische Kraft der Glocke, die ihn wie eine Fernsteuerung zum Tor gelenkt hatte.

„Haltet euch die Ohren zu!“, murmelte er hastig seinen Freunden zu.

„Wie ... was?“ Vicky und Nick fiel es schwer klar zu denken. Jupiter wiederholte, was er gesagt hatte und endlich nahmen sie die Hände hoch und pressten sie auf die Ohren.

Wild begann Jupiter die Totenglocke zu schütteln. Ihr grelles Bimmeln zerriss die Stille.

Die Magier bäumten sich auf, als wären sie auf glühende Kohlen getreten.

Jups Fingerknöchel traten weiß hervor, so fest hielt er die Glocke umklammert. Er schwang sie kraftvoll auf und ab. Der Klöppel schlug im Inneren gegen die Metallwand und erzeugte hohe Töne, die durch Mark und Bein gingen.

Vicky und Nick blieben verschont und auch über Jupiter hatte die Totenglocke keine Macht. Wahrscheinlich lag es daran, dass er sie selbst läutete.

Seine Arme fingen an zu schmerzen wie beim Sporttraining in der letzten Runde. Die Muskeln brannten, doch Jupiter hörte nicht auf.

Endlich begannen die Töne der Glocke zu wirken. Die Magier bewegten sich nach den Schlägen. Bei jedem Klang, machten sie einen steifen, roboterhaften Schritt nach vorn.

Jupiter schüttelte den Magier ab, der ihn gehalten hatte und lief zum Tor. Er stellte sich daneben auf und läutete unermüdlich weiter.

Wie ferngesteuerte Roboter wankten die Magier auf das Tor zu. Die Abscheu und Wut war in ihren vertrockneten Gesichtern nicht zu übersehen. Sie wollten sich an den Torhälften festhalten, doch das flüssige Quecksilber rann durch ihre Finger wie Wasser.

Der erste Magier hatte nun den Torbogen durchschritten und wurde von den schwarzen Wolken verschluckt. Im nächsten Augenblick stolperte dafür Elroy von der anderen Seite heraus. Es sah aus, als hätte ihm jemand einen kräftigen Fußtritt verpasst.

Auch die beiden anderen Magier verschwanden im Tor, der Letzte war Ignatius. Dafür kehrten die anderen Männer zurück.

Jupiter rief Nick zu: „Los, zeig, wie gut du im Schlagballwerfen bist!“, und schleuderte ihm die Glocke zu. Nick fing sie auf, holte weit nach hinten aus und beförderte sie kraftvoll durch den Torbogen.

Ein Schrei gellte über die Insel.

Die grauen Gesichter der Magier verwandelten sich in dichten Rauch, der von einem schwar-

zen Strudel aufgesogen wurde. Doch auch das Tor blieb nicht stehen. Das flüssige Metall stürzte in das schwarze Loch, das sich am Ende selbst verschluckte und verschwand.

Es gab noch ein Geräusch, als würde der letzte Rest Wasser aus einer Badewanne fließen, dann breitete sich auf der Insel eine gespenstische Stille aus.

Einige Minuten lang verharrten die drei vom Grusel-Club und die Männer wortlos und starrten auf die Stelle, wo das Tor gestanden hatte.

„Der Regen hat aufgehört!“, stellte Nick fest.

Über ihnen zerrissen die Wolken. Die Nachmittagssonne brach nun durch.

„Ich glaube, wir gehen jetzt besser“, meinte Jupiter. „Alfred wird bestimmt schon ausflippen, weil wir so lange fort sind.“

Die Männer standen noch immer unter einem Schock. Sie konnten es einfach nicht fassen, was sie soeben erlebt hatten.

„Los, kommt!“, rief Jupiter und gab seinen Freunden ein Zeichen. Sie liefen los und hatten den Strand bald erreicht. Die Boote lagen noch immer, wie sie sie zurückgelassen hatten. Das Seil, mit dem sie ihr Elektroboot an einem Grabstein festgemacht hatten, lag lose im Sand. An der Stelle, wo sich der Stein befunden hatte, klaffte nun ein Loch.

„Ob der Spuk jetzt für immer vorbei ist?“, fragte Vicky.

Die Jungen zuckten mit den Schultern.

Hinter ihnen donnerte etwas im Wald. Gleich darauf wieder. Dann wieder und wieder und wieder. Das Donnern kam näher und ließ den Boden erzittern.

„Das Monster ..., das ist ja auch noch da!“, fiel es Jupiter ein.

Die hohen Baumstämme wurden geknickt wie Zahnstocher und unter lautem Gebrüll brach das Ungeheuer aus dem Wald hervor.

Hinter ihm folgten keuchend und schreiend die vier Männer. Der eine, der allein zur Insel gefahren war, holte ein Kästchen aus dem Motorboot und begann fieberhaft daran zu hantieren.

Das Ungeheuer beugte sich vor, legte den Kopf schief und riss sein Maul auf. Nick wollte ausweichen, stolperte aber, stürzte und kam nicht weiter. Das Maul stülpte sich über ihn und verschlang ihn.

Baby will ein Küsschen

Vicky wurde käseweiß im Gesicht.

„Nick!“, schrie sie verzweifelt.

„Nicht näher gehen! ... Nicht! ... Der Regen! Er ist schuld!“, rief ihr einer der Männer zu.

Der mit dem Kästchen hieb in Tasten und schlug auf Knöpfe. Aus dem Maul des Monsters ragte Nicks Bein. Es strampelte.

„Geschafft!“, rief der Mann mit dem Kästchen.

Das Maul klappte auf und Nick rollte heraus.

Das Ungeheuer blieb nach vorn gebeugt regungslos stehen.

„Was? ... Wie? ... Ich verstehe das nicht ganz!“, stammelte Jupiter. Die Erklärung kam sofort.

Jup grinste breit. „Und bleibt Ihr ‚Baby‘ weiter hier?“ Die Männer verneinten.

„Wir müssen es dringend zum Festland bringen. Es hat den Test weitgehend bestanden und kann jetzt zum Einsatz kommen.“

Jupiter dankte dem Untier, das ihn bei seinem ersten Besuch auf der Grabsteininsel am Torbogen davor bewahrt hatte, weiterzugehen. Und weil er sich wirklich eine kleine Belohnung verdient hatte, bat er die vier Männer um einen Gefallen.

Am nächsten Tag schien die Sonne und trocknete die Pfützen auf. Die Teilnehmer des Ferienlagers machten wieder einen Ausflug an den See.

Vicky, Nick und Jupiter standen am Ufer und blickten zur Grabsteininsel hinüber. Natürlich hatten sie keinem von ihren Erlebnissen erzählt. Es hätte ihnen ja doch niemand geglaubt.

Oliver und Nicole traten neben sie und taten so, als könnten sie etwas auf der Insel sehen. Mit gespieltem Entsetzen riefen sie: „Buhuhu! Wie fürchterlich! Dort winkt ein Skelett. Aber der Grusel-Club wird es bestimmt gleich fangen. Wir müssen uns gar nicht fürchten!"

Großes Gelächter bei den anderen.

„Halt die Klappe!", riet Vicky dem Großmaul.

„Sonst rufen wir unser Haustier!", drohte Nick.

Nicole und Oliver bogen sich vor Lachen. „Was ist das? Ein Geisterhamster? Oder eine Spukmaus?"

„Okay, ihr habt es nicht anders gewollt!", sagte Jupiter lässig. Er steckte die Zeigefinger in den Mund und stieß einen gellenden Pfiff aus.

„Und was geschieht jetzt?", fragte Oliver spöttisch. „Muss ich mich schon fürchten?"

Ein langer Schatten fiel auf ihn. Irgendetwas stand zwischen ihm und der Sonne.

Oliver und Nicole hoben die Köpfe. Stille. Es hatte ihnen die Sprache verschlagen. Nun sahen auch die anderen, was da gekommen war.

Weiterhin Stille.

Dann begannen alle fast gleichzeitig zu schreien und ergriffen voller Panik die Flucht.

Ein Monster, groß wie ein Tyrannosaurus Rex, war aufgetaucht. Der riesige Schädel sauste herunter und blieb nur Millimeter vor der geschockten Nicole stehen. Das Ungeheuer riss das riesige Maul auf. Doch statt zu brüllen flüsterte es bittend: „Küsschen! Küsschen! Küsschen!“

„Baby mag dich. Gib ihm ein Küsschen!“, sagte Jupiter cool.

Mit hochrotem Kopf machten sich Oliver und Nicole aus dem Staub. Die drei vom Grusel-Club drehten sich um und streckten den Daumen in die Höhe. Hinter einem der Häuser standen die Männer und grinsten.

Das Monster aber wurde noch am selben Tag auf einen Wagen verladen und in einen Vergnügungspark gebracht, wo es von nun an die Besucher erschrecken sollte. Die Generalprobe dafür hatte es wirklich gut bestanden.

So hatten die drei Grusel-Clubber doch noch die Lacher auf ihrer Seite. Doch sie wurden nicht recht froh darüber ... Sie hatten nämlich jemanden vergessen.

Na ja, Jup, Vicky und Nick blieben zum Glück nur noch drei Tage in Gallenburg und so bald wollten sie auch nicht mehr zurückkehren. Wer weiß, was dort noch alles passieren würde ...

Die Deutsche Bibliothek – CIP-Einheitsaufnahme

Brezina, Thomas:
Grusel-Club : dem Spuk auf der Spur ; [mit Spuk-Lupe und Club-Überraschung] / Thomas Brezina. – München : Egmont Schneider

Bd. 7. Allein auf der Grabsteininsel. – 1998
ISBN 3-505-10859-6

Dieses Buch wurde auf chlorfreies, umweltfreundlich hergestelltes Papier gedruckt.
Es entspricht den neuen Rechtschreibregeln.

Der Schneider Verlag im Internet:
http://www.schneiderbuch.de
Thomas Brezina im Internet:
www.thomasbrezina.com

Titelbild und Illustrationen: Wolfram Nowatzyk, Münster
Umschlaggestaltung: ART-DESIGN Wolfrath, München
Redaktion: Michael Czernich
Herstellung/DTP-Satz: Alfred Lahner
Reproduktion: Hans Buchwieser GmbH, München
Druck: Presse-Druck, Augsburg
Bindung: Conzella Urban Meister, München-Dornach
ISBN 3-505-10859-6

98 99 / 8 7 6 5 4 3 2 1

Name: Thomas Brezina

Geboren: Sechs Stunden und 13 Minuten nach Mitternacht am 30. Januar.

Unheimlichstes Erlebnis: In London schreibe und lebe ich in einem kleinen Studio auf dem Dachboden eines uralten Hauses. Bereits zweimal habe ich an einem Fenster eine kleine, dunkle Gestalt gesehen, obwohl niemand außer mir im Zimmer war.

Gruselstärke: Na ja, fragt besser nicht. Mir kommt schnell das Gruseln. Trotzdem war ich schon im Grab eines Pharaos, in einem echten Spukhaus und in einem Laden, in dem nur Skelette verkauft werden.

Lieblingsspuk: Vampire! Ich würde mich sehr gern in eine Fledermaus verwandeln können.

Spezialgebiet: Gruselgeschichten schreiben, bei denen selbst ich feuchte Hände und eine Gänsehaut bekomme.

GRUSEL-CLUB

Dem Spuk auf der Spur

Folgende Bände sind bisher erschienen:

Band 1
13 Stunden in der Geisterbahn
Band 2
Der Mann mit den eisblauen Augen
Band 3
Das unsichtbare Biest
Band 4
Der Geist aus dem Dschungel
Band 5
Der Vampirsarg
Band 6
Die Rückkehr der Titanic
Band 7
Allein auf der Grabsteininsel
Sonderband
Das Paket aus Transsilvanien

Geheimauftrag für dich,

Mark Mega und Phantom

Die Abenteuerserie von Thomas Brezina im Egmont Franz Schneider Verlag

---

Band 1	**Verschollen im Dämonendreieck**
Band 2	**Das Tal der heulenden Höhlen**
Band 3	**Monster in der Tiefe**
Band 4	**Gefangen im Horrorland**
Band 5	**Rallye durch die Todeswüste**
Band 6	**Hochhaus des Schreckens**
Band 7	**Die Vulkan-Verschwörung**
Band 8	**Die Festung des Doktor E. X.**
Band 9	**Verrat bei der Formel 1**
Band 10	**Schreie im Schneesturm**
Band 11	**Entführt von einem UFO**
Band 12	**Am Fluss der Krokodile**

Weitere Abenteuer folgen.